JN307006

僕のとてもわがままな奥さん

銀 色 夏 生

幻冬舎文庫

僕のとてもわがままな奥さん

僕の奥さんはとてもわがままなんです。だから、僕はちょっと怖いです。最初はこんなじゃなかったと思います。つきあってた頃は、すごくかわいくて。こんなにきれいな人が僕とつきあってくれるなんて不思議だと、僕は思っていました。ありがたいと思ってました。彼女の名前は、ナオミです。ナオミさんと呼ばないと怒られます。つきあってた頃はナオミちゃんと呼んでたのですが、「ちゃん、って言わないで」と、ある日突然言われて、それからナオミさん。2つ年下なんですけどね。時には、旧姓の苗字で呼べと言われることもあります。直居《なおい》、です。直居ナオミ。ナ、ナで、イニシャルがN・Nになるので、嫌だと言ってました。僕は別にいいと思いますが……。「直居さん」と呼ばないと返事してくれない時があります。それがどういう時かというのは、だんだんわかってきました。機嫌が悪い時です。それは、顔を見ればわかります。

僕の奥さんは、美人です。スタイルもいいです。だから、僕が彼女を好きになって、あ、バイト先で知り合いました。僕が大学生の頃。近所の100円ショップでバイトしてた時。100円ショップは時給も安いんです。「時給も100円か」と父に笑われたことがありますが、それほどは安くはありません。その店でバイトしてた時、彼女もバイトに来て、そこで、僕は彼女を好きになって……、それはたぶん、ただ顔かスタイルがよかったからです。僕はあまり深く女の人とつきあったことがなくて、女性というものがよくわかってなかったのです。今でもわかってるとは言えませんが……。で、好きになって、なんとなく毎日ドキドキしていました。でも、僕なんかカッコよくもないし、男らしくもないし、無理だろうなと思っていたら、ある時、帰りに「飲みに行かない?」って誘われて、彼女、その日、つきあってた彼に振られたか振ったかで、すごく機嫌が悪くて、その機嫌の悪さにつきあって、グチというのか文句を聞いてあげてたら、最後だんだん彼女が酔っぱらってきて、いつのまにか泥酔した彼女を送って行くことになって、そして、彼女の部屋に言われるままに送り届けたら、なんとなくそのまま引きずり込まれて、別に僕が望んだわけではなく、本当にあれは、そう、確か僕は抵抗したのですが、彼女にしなだれかかられて、こうなったらもういいだろうと僕は思って、その日はそこに泊まったのです。雲の上を飛んでるような時間が過ぎていきました。

それから、僕は彼女の言いなりになってしまいました。

なぜ、彼女と結婚したのでしょう。今思うと、止める隙はありませんでした。学校を卒業して働き始めた彼女が、ある時、気がくさくさしてたみたいで、「もう仕事やめて、結婚でもしようかな」とポツンと言ったのです。その頃、僕らはつきあっていたといえるのか、いつも彼女主導で、彼女が会いたい時に僕が時間の都合をつけて、バタバタと会うような感じだったのですが、それを聞きながらも、僕は他人《ひと》事《ごと》のような気持ちでいました。僕はまだ25歳で、結婚はまったく考えてなかったですし、その相手に彼女とも考えていませんでした。彼女は職場でもモテてましたし、いろんな男性とおつきあいしているようでした。お金持ちや、派手な職業の人とか。で、その時会っていた喫茶店で、僕はアイスコーヒーのストローの袋に水滴を落として、ビヨーンと伸ばして遊んでいました。すると、「今度の日曜、挨拶に行くわ」と彼女が言いました。意味がわからず黙っていたら（彼女はよくひとりごとを言うので、当時、ほとんど僕は聞き流していました)、「10時に迎えに来て」と言います。「うん」と答えて、そのままぼーっとしていました。そして、日曜の10時に、ただ迎えに行ったのです。すると彼女は僕の家に行けと言いました。行ったら、ずかずかと家に上がり込んで、僕の両親や妹がいる居間にきちんと座り、「よろしくお願いします」と三つ指をついたのです。……そして、僕の知らない間に結婚というレールが、ものすごく堅牢なレールが、きっちりと敷かれ、知らない間に(なんてウソみたいな話ですが、僕の実感としては本当にそう)、いつのまにか結婚させられていました。僕のまわりの人は全員、彼女の美しさと利口さの魔法にかかったのです。もちろん僕は、もうその頃には彼女の魔法にはかかっていません。つきあって(と、いえるなら)すぐに彼女の怖さやわけのわからなさを知りましたから。ただ、僕はどうしても彼女に抵抗できないのです。それは、なぜなのかわかりません。しょうがないという諦めなのかもしれません。とにかくどうしようもなく理不尽な、人間という生き物の持つ深〜い、ムズカし〜い、どろどろとしたなにか力や仕組みがあって、それに僕は屈したのでしょう。彼女はそれの使い手なのでしょう。僕は組み敷かれ、逃げられず、それでもいいかと諦めてしまいました。とにかく、抵抗しようとすると、すごく怖いのです。

結婚の喜び？　もう僕にはそういう純粋な感情はありませんでした。人から見たら、羨ましがられるほどの相手です。僕に反論できるような知恵もありません。それほど彼女は頭がいいのです。それでしょうがないと、ただ、流れに漂う一枚の葉っぱのような気持ちで、ただただ毎日僕は、流れに流されるままなのです。

きれいな奥さん。なんでも上手にこなす素敵な奥さん。しあわせなご主人。こんなパッとしないご主人にどうしてあんなに美人の奥さんが？　とみんな不思議がります。僕も友だちにからかわれたりします。みんなそう思っているのでしょう。

でも違います。だれにも言えませんが、僕の毎日は、ちょっと地獄なのです。

僕のもともとの家族は両親と妹です。たまに実家に帰ることもあります。お盆とお正月と長い連休程度。彼女はもちろん「面倒くさい」などと言って、僕の両親に会いたがりません。でも、そういうわけにもいきません。せめてお正月ぐらいは帰らないと。ただでさえ結婚してから僕が実家に帰るのを嫌がってる彼女ですから。僕は彼女と一緒に実家に帰ると思うと気持ちが沈みます。僕の家族は、こう言ってはなんですが、仲がいいです。みんなすごく気が合って、楽しいんです。けど、彼女がいるとそういう雰囲気にもなれません。僕の両親は気を遣って、彼女にいろいろと話しかけるのですが、彼女は無表情でにこりともしないように僕には見えます。「もうちょっと気を遣ってよ」とある時言ったら、「なに言ってんの？　最高に気を遣ってんじゃん」と怒り出したので、僕はもうそれ以上、なにも言えなくなりました。僕の両親は、彼女が楽しんでいるかどうか、すごく気を揉んでいました。彼女にはそれが普通なのかもしれませんが、能面のような顔で、にこりともせずにテレビを見ていました。できるだけ実家には彼女を連れて行かないように、今は気をつけてます。

機嫌がいい時は、確かに僕も楽しいです。テレビを見ては笑って、食事も作ってくれるし、時には外に出て映画を観たり、小さなきれいなものを買ってあげたり。くだらないことで大笑いして、彼女がそういう時は僕も、うれしいです。

でも、いったん機嫌が悪くなったら……、それは、なにげない、ちょっとしたことが引き金になるのですが……、だれかのうわさ話に疑心暗鬼になったりとか、人からの賞賛が彼女にとっては気に入らない表現だったりしても、また、僕のちょっとしたミス……彼女を敬っていないようにとられたり、そんなことはないのですが浮気を疑われたり、そういうちょっとしたことで、彼女の気分が豹変するのです。その恐ろしさといったら……。ずっと黙り込むか、反対にヒステリーを起こし、物を壊し、いつまでも泣きわめき、警察とか友だちとか仕事先とか、とにかく僕がやめてくれと懇願したくなるような人に言いに行くと言い出すのです。僕は、彼女のために食事を作り、掃除と洗濯をして、彼女が喜びそうなものを買ってきては、彼女の機嫌をとります。それでいい時は、いいのです。僕も、我慢ができます。どうか、これ以上の、人さまに迷惑をかけるようなことだけはやめてほしいと、それだけを願っています。世の男性の話を聞くと、僕には羨ましいかぎりです。ほとんどの家の奥さんはごはんを作ってくれたり、洗濯や掃除をしてくれるのですね。僕の奥さんは、時々だけやさしくてかわいくなります。そういう瞬間が僕には天国のようです。逃げられないのですから、どうにかしてこのまま無事に時間が過ぎていくことを祈るしかありません。いい時はいいのです。ただ、いい時があまりにも短いのです。

驚きました。世間はこうなのですか。誕生日にお祝いを？（ちょっとここ、イヤミ）

そういえば僕の実家では子どもの誕生日をお祝いしてくれてましたが、奥さんが旦那さんの誕生日を祝ってくれるなんて素敵ですね。そのことを耳にした僕は、ちらっと羨ましそうなことを確かに言いました。世の中には、旦那さんをこんなに大事にする奥さんっているんだねって、それは、ついうっかり、ぽろっと口から出てしまったのです。すると……、彼女はサッと青ざめ、どうせ私は鬼よと、すすり泣き始めたのです。いいよいいよと、僕はなだめました。人それぞれだからと。それぞれの家庭のやり方があるんだからと。するとその言い方がまた気に入らなかったらしく、「あなたは不満なのね。この私の鬼っぷりがよそ様に恥ずかしいのね。そう。そうね。どうせ私は鬼よ。かわいくもないし、かいがいしくもない、ダメ女房よ。別れましょう。別れるわ」と言っては、さめざめと泣き伏します。「そんなことはないよ。愛しているからね」と言っても、「どこをどんなふうに愛してるっていうの。私のどこをどんなふうに？　言ってごらん、言ってごらん、言ってごらん！　この私のどこがそんなにいいの？」と詰め寄ってきます。そこで困って口を閉ざすといっそう神経を出しますので、とにかく愛してると、理由もなくものすごく愛してると、僕は言うしかなく、ひたすらに愛してるを繰り返して、その場を収めるのです。
それでも、彼女にはいいところもあります。いいところもあるので、逃げられないのです。ここまで正体を見てしまった僕が彼女から去ったら、いったい彼女はだれにすがればいいのでしょう。それを思うとかわいそうで、僕は彼女のやすらかな寝顔を見て、乱れた髪を直してあげて、いそいそと明日の支度をするのです。

彼女は実は不器用で、料理も苦手で、細かいことが上手にできないのですが、ある時僕が、餃子って家で作れるんだってとびっくりして言ったら、餃子の皮を買ってきて、一生懸命に作ってくれました。ところどころ破けて、中身がぽろぽろこぼれてる餃子でしたが、おいしかったです。彼女は失敗したと言って、恥ずかしくて、怒っていましたが、僕はおいしいよって言って食べました。どういうわけか、途中から泣けてきて、ぽろぽろ泣きながら全部食べました。彼女は黙ってそんな僕の様子を見ていましたが、たぶん喜んでいたのだと思います。

休みの日は、僕はひとりで散歩に出ます。僕はひとりでぶらつくのが好きです。でも、それを彼女に知られるとどうして一緒に連れて行かないのと怒るので、仕事だとウソをつきます。そしてぶらぶら近所を歩いて、知り合いの家を覗きます。僕は散歩しながら知り合いになった友だちがわりといるのです。近所のたこ焼き屋さんや、自転車屋や、銭湯をぶらつきます。そこで仕事ぶりをじっと見てはたこ焼きをつまんだり、自転車を修理する様子を見ながら天気の話をしたり、銭湯に半日、つかったり出たりしながらのんびりしたり、それが楽しみなのです。

ある日、そんな風呂上がりに土手をぶらぶらしていましたら、ばったり彼女に会いました。困ったなあと思っていたら、彼女は不思議そうに僕の首に巻いたタオルや上気した顔を見ていました。「銭湯に行ったの？」「うん」。でも怒られることもなく、並んで家まで帰りました。彼女、ぼんやりしてて変に素直な、疑わないところもあります。

ある時、彼女が急に「働くわ」と言い始めました。僕はまたいつもの気まぐれだろうと思い放っておきました。気に入ったところを見つけて、面接にも行ったようです。すごく機嫌よく帰って来たので、僕は、ほっとしました。しばらくたった頃、

「……ナオミさん？」

夜、僕が家に帰ると、いるはずなのに部屋が真っ暗でした。彼女は暗いところが苦手なのに。

「ナオミさん？」

リビングに入ると、窓からの明かりに黒い人影が見えました。床に座り込んでいます。びくっとして近づくとナオミで、大きな目を見開いたままぼーっとしています。具合でも悪いのかなと思い、電気をつけようとしたら、「つけないで」と言います。

僕はこわごわ、そばへ寄りました。

「ナオミさん、どうしたの？」

「……黙って」

そう言われたら、僕はもうひとことも口をきけません。フリーズしたまま後ろに正座しました。そのまま、時間だけが10分、30分、1時間と過ぎていきます。僕は動けません。けれど、だんだん眠くなってきてしまったので、いつのまにか眠ってしまいました。


なにか、頬がちくちくするような痛みで、目が覚めました。ナオミがマッチの火を僕の顔に近づけていたのです。驚いて飛びのくと、ナオミがやさしく笑っています。

「ジュンちゃん（僕の名前です）。ねむいの？　私が悲しいのに？」

「ううん」と僕は首をふりました。

「私が悲しいのに、ジュンちゃんはねむいんだ」

「ううん」と僕はもっと強く首をふりました。

「今、寝てたでしょう？」

「ううん……うん。ちょっとだけ。でも、ナオミさんの夢を見てた」

「私の夢？」

「そう」

「ふうん……どんな？」

「ナオミさんが、しあわせそうに笑ってた。すっごく広いお花畑を走りながら」

「……で？」

「その花畑の向こうに海が見えた」

「…………」

「ヨ、ヨットが浮かんでた。海に！」

それ以上、なにも聞いてきません。僕の答えが、お気に召したようです。よかった。

……動物。猛獣。毎日が緊張の連続です（あ、働くの、やめたようです）。

しばらく平和な毎日が続いていました。僕も、仕事が忙しく帰りが遅くなる日が続き、ちょっと悪いなと思いながら、でも一生懸命働いていました。そんなある夜、同僚と飲んで、僕はかなり気分よく家に帰って来ました。でも、家に入る前に、気持ちを静めます。そうしないと、嫌がるから。冷静になって、落ち着きをとりもどし、ドアを開けます。寝てるかなとも思いました。テレビの音がしなかったからです。廊下を進み、寝室に着替えに入った時、いつも以上に美しく化粧したナオミがものすごくハイテンションで僕に抱きついてきました。

「キャア〜。お帰り〜」

沈んでいる時よりも、こういう時の方が怖いのです。僕はぐっと気を引き締めました。

「どうしたの?」

「私ね! 好きな人ができたの!」

うん……。その時僕は、正直、「やったかもしれない!」と心でガッツポーズをしました。このまま彼女がその人のところに行ってくれれば、僕は解放される。もし僕が彼女から離れられるとしたら、彼女が僕を捨てて出て行くしかないと思っていましたから。でもここで喜んだら逆効果なのはわかりきっていることなので、「え？」と悲しそうな顔をしてみせました。この頃はもう僕もいっぱしの役者のように演技はお手の物だったのです（生きのびるためですが）。

「どういうこと？」

「うふふ」とナオミはただ笑うだけです。「すっごく好きなんだよね〜」

まさか、テレビや映画のスターか。だったらぬか喜びだな。

「また韓国の俳優？」

「ちがうわよ。現実の人なの。どうしよう。ジュンちゃん。ごめんね」

「その人は、ナオミさんのことを好きなの？」

「愛してるって」

ふむ……。いいぞ。

「だれ？」

「ジュンちゃんの知らない人」

「で、どうするの？」

「私たちね、駆け落ちするわ」

「…………」帰ってくんなよ。絶対にうまくいってくれよ。

「今日、これから、行くわね」

「…………」なんて言ったら気持ちを翻さないでくれるのかわからないから、なにも言えません。ガックリと肩を落としたような姿勢で、僕はそのまま床にしゃがみ込みました。

薄目を開けてあたりを見ると、もう荷物の用意もできています。よし、あとは行くだけだな。

「ジュンちゃん。本当にごめんね。今までいろいろありがとう。もし、私に会いたかったら、メールしてね」

「……うん」するもんか。

ナオミは、荷物を持って、うれしそうに出て行きました。バタンと玄関のドアの閉まる音が聞こえました。

ヤ、ヤッター！

ヤッタぞ!!

出てった！　出てった！

いきなりだもんな。何度も無言でガッツポーズを繰り返したあと、僕はおとなげなくも、部屋で踊り始めました。ワッホ、ワッホと。昔見たアフリカの踊りのような、原始的な踊りを。うれしくて自然と体が動いてしまうのです。

しばらくそうやって踊り続けていたら、なぜか寝室の薄く開いたドアの向こうに異様な気配を感じました。見ると、その細いすきまにナオミの目が見えました。じっとこちらを見ています。

そのまま、僕は凍りついたように。

静止。

ナオミの目。

まばたきもしない目。能面のような顔。

僕も目をそらせません。

永遠のような時が過ぎ……、ナオミが突然、大声で笑い始めました。

僕も、笑いました。笑うしかなかったのです。

いったいどういうことなのかわかりませんが、やばい、と思ったことは確か。でもそれ以上、ナオミはなにも言わず、僕もなにも言わず、そのことに関してはふたりとも完璧にスルー。ただ、これでまた遠のいたな、と思ったことは覚えています。

僕には学生時代から仲のよかった友だちがいて、タケダと言います。タケと呼んでいます。でも、そのタケとも、ナオミと結婚してからなかなか頻繁には会うことができなくなり、悪いなと思っています。でもたまに仕事のあととかに待ち合わせして飲んだり、休みの日にナオミにお願いして、会ったりしてます。僕はタケと川で釣りする人をぼんやりと眺めたり、陽だまりでぼそぼそ話すのが好きです。タケにはあまりナオミの話はしませんが、だいたいわかってると思います。なにしろ、こんな僕の性格をいちばんよく知ってるやつですから、ナオミと結婚することになった時も、言葉には出しませんでしたが、心配だったと思います。タケも僕が結婚してからしばらくして、僕もよく知ってるサッちゃんって子と結婚して、子どももできて、しあわせそうです。しあわせそうな話は僕にはしませんが、だいたいわかります。

釣り人を、いつからかいつも疲れ切っている僕と、黙ってるけどしあわせそうなタケのふたりでぼーっと、なにも言わずに眺めていると、頭の中がカラッポになります。

タケがぼそっと言いました。

「ジュン。本当に困ったことになったら、オレに言ってくれよ」

僕は、しばらく返事をせず、ずいぶんずいぶんたってから言いました。

「うん」

ナオミにも実家はあります。両親と弟がいます。僕は、実はナオミのご両親のことが好きです。特にお母さんは話がわかるというかおもしろい人で、僕はナオミよりも気が合います。ナオミの実家に行くと、僕がお母さんと気が合うし、弟も僕になついてくれて寄ってくるし、お父さんは寡黙な人だけど、そういう僕たちをほほえましく思ってくれてるようで、僕には居心地がいいのですが、ナオミだけがみんなから敬遠されているのか、ひとりになってしまい、なので、ナオミはなかなか実家に帰りたがりません。ナオミは小さい頃からわがままだったようで、弟もいじめられた思い出しかないとその時だけは暗い顔をして言います。僕には弟がいないので、彼がかわいくてしかたなく、それでますます僕らは仲よくなってしまうのですが、それがまたナオミの気に入らず、めったに連れて行ってくれなくなったのです。ナオミと歳の離れたその弟はまだ高校生で、たまきくんといいます。たまきくんは人見知りなのですが、慣れるとよくしゃべります。なんだか僕と趣味が合い、昔から知ってたみたいになじんでいます。

ある日、ナオミが「犬、飼いたいな」と言い出しました。

「あなたは生き物は世話できないでしょ」と僕は冷たく言いました。「今まで、何匹の生き物を殺した？　子どもの頃から飼ってたもの。教えてくれたよね。メダカ、金魚、カマキリ、カブトムシ、モルモット、トカゲ、ヘビ……。忘れちゃったけど、他にもいたよね。どれも、エサを忘れたり、カラカラに乾いたり、放っといたりして、いつのまにか死んでたんだよね。……犬はダメ。猫もダメ」

「猫は言ってない」

「とにかく、大きい生き物はダメ。死んじゃった時がかわいそうでしょ」

「死なさない」

「死なす」

「かわいいんだよう〜。見たの。デパートの屋上でね、かわいい丸い目で私を見るしね」

「かわいくても丸い目でも、ダメ」

「ふん……ケチ」

「なんて言われても、生き物は、ダメ」

するとナオミはつまんなそうな顔をしてあっちへ行きました。

しばらくしてリビングに行ったら、テーブルの上に画用紙と色鉛筆がでていて、絵が描いてありました。丸い目の犬の絵。

ふっ……。僕はその絵をじっと見て、思わず笑いました。「下手だなあ……」目をもうちょっと濃くしないとかわいくないよ。で、黒い色鉛筆で目をより黒く塗りました。くりくりくり。

これでよし。

それを壁にテープで貼り付けました。僕たちの犬。名前は……、名前は……ゴンチチ。

ゴンチチと書いておきます。


ナオミちゃんがダメで、ナオミさんになった頃のこと。ナオミさんも時によってダメな時があり、

「ナオミさんナオミさんって親しげに呼ばないでよ。まるで知ってる人みたいに」

「(知ってる人なのに……)じゃあ、なんて呼べばいいの?」

「知らない人みたいに呼んで」

「……そこの人」

「なんですか」

「そこの人、お茶飲みませんか」

「いいですよ」

「そこの人、名前はなんですか」

「直居です」

「直居さん？」

「はい。あなたのお名前は？」

「……磯崎準」

「聞こえないわ」

「イソザキジュン」

「磯崎さん」

「はい」

「磯崎さんは結婚してらっしゃいますか？」

「はい」

「どんな方？」

「それは……あなたです」で、いいのかな。

「私？　あなた、私と結婚してるの？」

「はい」なにを言いたいんだろう？

「それであなたはしあわせ？」

僕はナオミの顔をじっと見ました。ナオミも僕を見ています。目をそらせなくなりました。

ここでそらしたら負けです。

僕らは夜更けのテーブルで、いつまでも見つめ合っていました。


僕はテレビを見たり長電話しながら無意識にそこらの紙に絵や言葉を描くクセがあります。ある時、長い電話が終わってテーブルを見たら、A4のコピー用紙にかなりの大作が僕によって描かれていました。細い線でこまかくびっしり。森と湖？　風景画？　未来の都市か？　気に入って僕はそれをとっておきました。その時僕は気づかなかったのです。その絵の中に「またいちゃもんかよ、ナオミ」という言葉が書き込まれていることに。無意識に、頭によぎったことをメモっちゃったんでしょう。それをしばらくたってからナオミが見つけたらしく、その部分だけが赤いペンでぐるぐると囲まれていました。

ある日の夕食の時、ナオミが言いました。

「子どもができたみたい」

僕は飲みかけていたコップの水をそのままゆっくりと飲み込み、その間に、すごい速さで考えました。そんなはずはない……。決して。子どもができたら別れにくくなるから、絶対に気をつけていたはずです。それに情けない話ですが、ナオミは自室に鍵をかけて寝ていて、めったに彼女の部屋には入れてくれないのです。

「そんなはずはないよね。僕ら、……気をつけてたから」

「あの時じゃない？　ほら。酔って帰って来た……」

数少ない記憶をたどりましたら、確かにいつだったか、僕がめずらしく酔っぱらってしまい、気分よく帰って来た時がありました。ナオミもなぜか機嫌がよくて。

「でも、あの時は大丈夫って」

「大丈夫じゃなかったみたい」

困る。

「犬、ダメだったから、子どもでもいいわ」

「……子どもを死なせたら犯罪だよ」

「死なさないわ」

ウソだろ。「君は、世話するの嫌いって。それに、子どもなんか絶対に産みたくないって言ってたでしょ」

「産んでもいい。ジュンもいるし」

「僕は……」面倒はみれないよ、たぶん。……でも、かわいいかも。

「なにニヤついてんの？」

「いや、ちょっと想像しちゃって」

「…………」

「とにかく、本当だったらいろいろ考えなきゃいけないんだから、早くお医者さんに行って調べておいでよ」

「うん」

それから1ヶ月たっても2ヶ月たってもなにも言ってこないところを見ると、違ったようです。ほっとしました。でも、できたらできたで、僕はちゃんとかわいがるつもりですけどね。

ナオミに言いました。「ナオミさん。ゴンチチを僕らの子どもって思おうよ」

「こいつ？」と壁の絵をにらんでいます。

「そう。けっこうかわいいよ」

「ゴンチチ……って、だれが決めたの？」

「僕」

「嫌よ。私が考える」

「じゃあ、なに？」

「…………ポン太郎」

「それでもいいよ。ポン太郎ね」おまえの考える名前、いつもポンだよな……。

「うん」

それからナオミは、本当にポン太郎を僕らの子どもみたいに思って、なにかというとポン太郎がね、と話に加えます。本当に子どもが生まれたら、ポン太郎という名前をつけそうです。


バレンタインデー。

チョコが苦手な僕には興味のない行事ですが、チョコレート会社やケーキ屋のかき入れ時ということで、売り場はすごいことになってますよね。僕も会社の女の子や女性の上司に友情で頂くことがあり、家に持って帰ってチョコ好きのナオミにあげます。ナオミは僕が女の子に好かれるのは嫌みたいですが、かといって全然もらってこないのも嫌なのです。そしてナオミからのチョコは（もちろんナオミ自身が食べるのですが）、毎年、評判のデパ地下へ行っては買い込んできた数々のレアもので、その期間ずっとおやつはチョコです。

「最近ちょっと太ったんじゃない？」と言ってみました。

「太ったら、なにか困る？」と言います。

「僕は別に」

「でしょ。痩せてる方がいいって言うような男って嫌いよ」

「僕は痩せてる方がいいとは思わないよ。どちらかというと女性はちょっとぽちゃっとしてた方がやわらかくて好きだなあ」……あ！

「ジュン。ナオミはぽちゃっとはしていません。なので、急に黙り込みました。そして、

「ジュンは私みたいなの、タイプじゃないって言ってたよね」

「ああ……」以前にそう言ったことはあります。ナオミはきれいだけど、僕は面食いじゃないし。

「どうして私と結婚したの？」

それは、無理にさせられたんじゃないか、とは言えない。

「それは、なんていうか、いつのまにか、し、自然にっていうか」

「タイプじゃないのに？」

「でも、好きになったんだよ」ちょっとだけ、最初だけ。

「後悔してる？」

「し、してないよ。もちろん」

「ふうん」

ナオミは猜疑心も強いけど、単純なところもあって、妙にあっさり信じ込むところがあります。なにか他のことに気を取られていたのか、それ以上なにも言わないで、あっちへ行ってしまいました。


ナオミが今日から1週間、留守します。こんなに長く留守するのは結婚以来初めてです。

友だちのあまりいないナオミですが、気の合う先輩がいて、その人とはたまにショッピング旅行に行くのです。僕のお給料はそんなに多くないので、ナオミにたくさんお小遣いもあげられません。「びんぼう……」とよく言われます。

「だからその中でやりくりしてくれなきゃ」彼女、やりくりはもちろん得意じゃありません。買い物は僕の係です。

「お腹《なか》すくかも」

「食事代ぐらいはあるでしょ」

「ううん」

「ないの？」

「うん。いろいろお買い物があるし」

「それを控えたら、食事代が捻出できるよ」

「ううん」

朝は忙しいので、僕はゆっくり話せません。

「とにかく、楽しんでおいで。実家からもらったお小遣いもあるんでしょ」これがけっこうあるんだよなあ。羨ましい。

「冷蔵庫に、ジュンくんの好きなおかず、入れとくから」

「ああ。ありがとう」だから台所の流し、あんなに鍋やボウルが散らかってたんだな。帰ってから片づけなきゃ。「気をつけて行ってらっしゃい」

「うん。おみやげは……」

「いつものように、自分のだけ、買っておいで。僕はいいから」

「うん」

「じゃあね」

「行ってきます」

「行ってきます」

ナオミが1週間もいないとは、オオ、すごい解放感だな。

その日は、ひさしぶりに同僚を誘って飲んで、夜遅く帰って来ました。いいなあ、やっぱひとり暮らしって。ちょっと浮気しちゃおうかな、僕のこと好きだって言いに来た女の子がいたっけ、などと軽く（もちろん冗談で）思いつつ、鍵を開ける。しーんと静かな部屋。

のどが渇いたので、冷たい水を飲もうと冷蔵庫を開けました。そこには……、僕が前に好きだと言った、ナオミが初めて本を見ながら作ったミートボールが、小さなタッパーに小分けされて14箱も入っていました。

「ナオミ……」こんなに、毎日、朝も晩も、食べられないよ……。しばらく冷蔵庫の前にしゃがんで、その箱の列をじっと見ていました。

それから僕はふらふらと、水とミートボールをひと箱持って、窓からの月が明るかったので、明かりもつけずに、テーブルの前に座りました。

フォークを刺して、ミートボールをひとくち食べました。

……これ、なに味っていうんでしょうか……？　ナオミさん。

ナオミがいなくて寂しいのか、ほっとしてるのか、ナオミを好きなのか、別れたいのか、僕はもう、自分ではわかりません。自由でいたいのか、これが僕なのか、これが僕に似合いなのか、これが僕の人生なのか。

暗い部屋を満たす月あかりの中で、僕は長いこと、そこにぼんやりと座っていました。

ナオミがいないことを聞きつけたたまきくんからメールがきて、夕食を一緒に食べることになりました。「これ、母から」。おみやげ。僕の好きなホタテせんべいです。

「ありがとう」

「ジュンさん。僕、うれしいです。お姉ちゃんがいたら、なかなか会えないですからね」

うんとも言えず、僕はあいまいに笑いました。

たまきくんの好きな、お好み焼きを作ってあげました。僕は料理が得意なので。というか、自然に得意になってしまったので。

たまきくんは、ゆったりとリラックスして、ソファに寝ころんでいます。そういう姿を見ると僕もうれしいです。なついてくれてるんだなと思えて。

「ジュンさん。どうですか？　姉は。困らせてませんか？　両親も、ちょっと心配してるんです。だから聞いてきてくれって。ジュンさん、いい人だから。もし、あんまりつらかったら、無理しなくていいですよ。姉は、ああいう人ですから」と、遠慮しながら言います。

「大丈夫だよ。けっこううまくいってるよ。彼女も頑張ってるし（僕も頑張ってるし）。でもなにかあったら、すぐに言うから」

「お願いします」

ナオミ、君の弟は、いい子だね。

お好み焼きが焼き上がり、青のりやかつお節やマヨネーズをかけて、熱いうちにはふはふ、ふたりで食べました。

これもまたナオミのいないうちにと、週末、実家に帰りました。ひとりで帰ると、昔が戻ったようでわきあいあいと楽しいです。妹も、たまにだからか、めずらしく素直です。家族っていいよなあと思います。僕はナオミとどんな家族を？

「ナオミさん、元気？」と母に聞かれました。

「うん」

あんまりうまく表現できないことは、無理に説明しようとはしません、僕は。それにみんなも彼女のこと、嫌いじゃないのがわかってるから。ナオミは正直だから最初はぎくしゃくするけど、そのうちみんななんとなく好きになるのです。口べただけど、おべっかを言わないからでしょう。

実家のプードルと遊びました。ロープを投げるとパタパタと走って取ってくるのがかわいいです。

「犬、飼わないの？　好きでしょ」と母が言います。

「うん。今はまだいいや」

ポン太郎のことを思い出しました。アイツがいるし。

日曜日のぶらぶら歩き。いつものルートを回ります。たこ焼き屋。

「よっ」と兄さん。

「最近、どんなたこ焼きが売れますか？」となんとなく興味があって聞いてみました。

「マヨネーズだね。あとネギかな」

「しょう油の？」

「うん」

「おいしいですよね。和風で」

「食ってく？」

「はい」

ネギとかつお節が山盛りで、和風のしょう油たれ。

「マヨネーズかける？」

「はい。お願いします」

すぐ脇の駐車場の段々に腰かけて、熱々をほおばります。うまい。

自転車屋では、細い路地にまで自転車が並び、そこでご主人が自転車の修理をしていました。作業する手先を見ているのが好きで、僕は時間を忘れて黙ってぼーっと見ていました。

ぽかぽかした日射しを背中にあてながら。そんな僕のことをご主人はもう知ってるので、なにも言わずに放っといてくれます。

銭湯に行ったら、青い浴槽が昼間の光に揺れて、海の中のようでした。かなり長い間、そこにいました。

今日はナオミがショッピング旅行から帰って来る日です。なんとなくいそいそしてしまうのは、帰って来るのが楽しみなのでしょうか。

家に帰ったら、もういるはずなので、今日は仕事が終わったらすぐに帰るつもりでした。なのに、こういう日に限って残業を頼まれたりして。しょうがないなあ。

やっと仕事を済ませて急いで家に帰りました。明かりがついてる。いるんだ。うきうきしながら部屋に入ったら、そこに見たこともない人が立っていました。

「ナオミさん……？」すごい髪型です。「どうしたの？」

「むこうでカットしたの。どう？」

「まるで、……戦いのあとのオスライオンみたいだね（見たことないけど）。それにそのメイク」

「ちょっとしたイメチェン」

むむむ。僕はなにも言わずに、椅子に腰かけました。

冷蔵庫をチェックしたナオミが「どうしたの？　ミートボール、10箱も残ってる」。

「あ、ごめん。外食が多くて」

「好きでしょう？」

「好きだけど」こんなには。

「いいわ。全部、食べてね。ゆっくり」

「うん」

見渡すと、荷物の山です。

「たくさん買ったね。なに？　これ」

「かさばるものを買っちゃって、帰りが大変だったわ」

「ぬいぐるみ？　はたき？」もわもわしたかたまりがあちこちに。

「そう。いろいろと。軽いんだけど大きいのよ」

「よかった。今回は高価なものは買わなかったんだね」

「あら。もちろん買ったわよ」

「……今、世界的に不況なんだよ。もちろん僕も」

「知ってるわよ。だからカードでリボ払い」

「なに？」

「これ」

ナオミの指にでっかいダイヤモンドみたいなのが光っていた。

「お買い得だったの」

「そっか……」どうせもう買っちゃってるんだし。値段、聞くのよそう。

「100万円」

「……ウソだろ」

「それもね、3分の1にしてくれたの。だからもとは300万円。ね、お買い得でしよ！」

「そんなの言い値だろ」

「でも、きれいよ。ほら。見て」

見たくない。たぶん、僕、今、まっさおだ。

「そんなお金、どうするの？　僕ら、ないよ」

「ま、100万円っていうのは大げさだけどね、それぐらいの気持ち」

「ホント？　よかった」ほっとする。「本当はいくらなの？」

「教えない」

「聞かないよ」

聞かないことにしよう。元気に無事に帰って来たんだし。なんだかうれしい気持ちだし。

「ナオミ、ひさしぶりだね」

「なによ。近づかないで」と威嚇するナオミ。

立ち止まる僕。

そのまま、野生の動物がにらみ合う。

ライオンには勝てないよ。

日曜日の陽だまり。目を閉じてナオミの膝枕で耳掃除をしてもらう僕。これだけは、ナオミもやりたがる。おもしろいらしい。

ナオミは、僕がのどが渇いてからからで、ものすごく水を飲みたいっていう時には水を飲ませてくれず、のどが渇いてない時にお水ついできたわ、っていうようなところがある。のどが渇いてからからで苦しげな僕を見るのが好きなのだろう。

「ジュンちゃん」

「うん？」

「私のどこが好き？」

「またそれか」

「言って」

「うーん……。かわいいとこ」

「かわいくはないでしょ」

「やさしいとこ」

「それはもっと違うでしょ」

「意地悪なとこ」

「うんうん。それから？」

「んー。……やらしいとこ」

「……それから？」

「以上」

「なによ」

「イテッ」

「すごいでっかいのとれた」


草原を歩く。

ナオミとふたり。

空は青空。
白い雲がうかぶ。
急にナオミが駆け出す。
待ってくれない。
どんどん走ってく。
小さな点になる。
ころぶ。
僕はゆっくりと近づく。
けして走らない。
倒れたまま泣いてるナオミ。
手をさしのべる僕。
えんえん泣いてるナオミ。
そっと抱きあげる僕。
子どものようにかわいいナオミを腕に抱く。
すると腕の中のナオミの顔が、

見る見る変化していく。
鬼だ。
驚いて投げ捨てると、追いかけてきた。
逃げる。
どんどん逃げても、どこまでも追いかけてくる。
恐ろしくて泣きながら逃げる僕。
でも鬼はどんどん近づいてくる。
もう、すぐ後ろまで迫ってきた……。

ううう。なんか変な夢、見たな。悪夢を見たような気分で目を覚ます。
朝ごはんはいいや。野菜ジュースだけにしよう。
「どうしたの？」青ざめてる僕を見てナオミが聞いてきた。
「ん？　なんか、風邪気味かも」違うけど。

「風邪だったら、うつさないでね。今日、映画行かない？」

「なに？」

「怖いの」

「怖いのは、僕は嫌だな」

「だよね。怖がりだもんね、すんごく」

「何のためにわざわざ恐怖を、わざわざお金と時間をかけてわざわざ作り出し、それを作り物だと知ってわざわざ観に行くのかがわからない」

「おもしろいからだよ、めっちゃ」

「それがおもしろいっていうのがわからない」

「くどくど言ってないで、時間だよ」

「あ！」遅刻だ。

「ひとりで行こっと。うふふ」


家に帰ったら、ナオミはいなかった。部屋、真っ暗。

「あ、映画か」怖いヤツ。

真っ暗な部屋も、怖いな。僕は異常な怖がりで、だれもいない家は恐ろしい。電気を煌々《こうこう》とつけて、テレビもつけて、やっと安心する。

鼻歌を歌いながら、買って来たツマミをつまみながら、夕食を作る。フライパンを温めて、まずはスズキのソテー。皮をカリッカリに焼いて、オリーブオイルと岩塩で食べよっと。

それとやわらかい春菊とナッツのサラダ。ささっと作って、テーブルに持って行ってゆっくりと食べる。ひとりの食事も僕は好きだな。気楽だし。テレビ見ながら味わっていたら、僕の部屋あたりからゴトッと音がした。

なんだろう……。窓、閉めたよな。どろぼう？　まさかね。見に行かなきゃ……いけないかな。……いいや。気のせいかもしれないし、もしかしたら、何か不安定に置いてあったものが倒れたのかもしれない。気を取り直して、またテレビに集中する。するとまた、ガタッ。

今度は確かに、気のせいじゃない。窓が開いてて、風か？

しょうがない。僕は嫌だなあと思いながら立ち上がり、廊下を奥に進んだ。そして

僕の部屋のドアをそっと開けたら……、
　ベッドの上で、ナオミが死んでいた。

「うわあああああっ」

首にネクタイが巻かれ、口を無残に開けて、手足は変なふうに曲がっている。

「ナオミ！」と叫びながら僕はあとずさり、あわてて部屋から逃げ出した。どうしたらいい？　警察か？　いや、まず、実家に電話して、来てもらおう。ふるえる指で携帯のボタンを押そうとするけど、ガタガタふるえて押せない。何度も何度も押しては、やり直す。こういう場面、よく夢で見る。3、4、8……、いや、9か。

するとと僕の右手を後ろから白い指がぐっとつかんだ。

「ぎゃあああああああああ……」


気絶したんだね、僕。

それとも、ここはどこ？　もしかして天国？

目を開けると、ナオミが覗き込んでいた。

「ジュンちゃん。大丈夫？　あんなに怖がるなんて。指がふるえてたから手伝ってあげようと思ったのに」

「……ナオミ」

「ちょっと驚かそうと思ったのよ。今日観た映画を真似てね。まさか、あんなに驚くなんて。わかると思ったのよ。ひと目見て、お芝居だって」

僕はたぶん、いつかきっと心臓発作で死ぬだろう。


「買い物、買い物」

ナオミが楽しそうに前を小躍りしながら歩いている。たまにはふたりで買い物でも行こうかということになり、散歩しながら駅前まで。

「ナオミさん。今日買うのは、安〜い食材だけだよ。服とか靴とかダイヤとか買わないよ」

「わかってる。ふたりで外に出るの、ひさしぶりだからうれしいの」

天気もいいし、確かに気持ちがいい。

「買うもの、わかってるね」

「うん。ペーパータオル、カレー粉、お肉、玉ねぎ、あと、お菓子、おやつ、ケーキ、アイス……」とナオミが指折り数える。

「甘いものは控えるんじゃなかったの？」

「控える控える」

「いつも口だけなんだから」

ナオミが腕に手を回してきたので、腕を組んで歩く。

すると、「磯崎さん！」と、目の前に女の子が飛び出してきた。

「あ、ルルちゃん」会社の部下だ。

ナオミを見て、ちょっと頭を下げてから、またこっちを向いて「お出かけですか？」。

「うん。ちょっと」

「うふ。では、また。……大丈夫ですから！」

走って行っちゃった。

「彼女、会社の子」

「ふうん」

「どうしたんだろう。ナオミを紹介しようと思ったのに、なんかあわただしく行っちゃったね」

「たぶん、浮気相手だと思ったんだよ。飲み屋かどっかの」

「うーん。そうかな。そうかもな。旅行から帰ってからずっとワイルドだしな」

「ね。こんな奥さん、いないよ」

「確かに」オスライオン。

そして次の日、会社に行ってわかったのだが、彼女、やはりナオミのことを浮気相手だと思ったらしい。「だって、あんな奥さんいないですよ」とナオミと同じこと言ってた。

「本当に奥さんだから」と言うと、すごく驚いて、

「ヒェー、すごいですねー。磯崎さん。すごい家庭じゃないですか？　いいっスね！自由ですね！」と褒めて（？）くれた。

そう、ナオミが僕の奥さんだとは、めったに人に思われない。知り合いとバッタリ

会っても、みんなこそこそ逃げるようにして行ってしまう。バーのカウンターに座っても、「ナオミさん」なんて言ってるからかな。他人からも、夫婦には見えないらしい。それはちょっとおもしろい。

「ジュン。私、ちょっと太った？　ちょっとこのへん、ぽちゃぽちゃしてない？」

「そうでもないよ」

「そお？」

　ナオミがため息をついています。このあいだのこと、気にしているのでしょうか。

僕がぽちゃっとした子が好きって言ったこと。

　バカだなあ。ふふふ。そんなに僕に好かれたいのかな。

「そういえば……、ちょっとふっくらしたかも」

「やっぱり？」

「僕がぽちゃっとした子が好きって言ったこと、気にしてるの？　だったら、気にしなくていいよ。そのままのナオミで」

「なに言ってんの？　勘違いしないで。私、別にジュンの趣味に合わせるつもりはないわよ。ただ、気になっただけ。今夜、デートだから」

うん？

「デート？」

僕ら、会う約束してたっけ？

「僕と？」

「違うわよ。ある人と」

「それ、ちょっと不愉快だな」

「しょうがないでしょ。こういうこともあるわよ」

「じゃあ、僕が他の子とデートしてもいいの？」

「いいわよ。……ううん。ダメ！」

「だったら不公平じゃないか」

「だって、ヤだもん」

「僕だって」

「嫌？　嫌だったら、やめるわ」

「いや。いいよ」

「どっち？」

ううう。なんて言おう。嫌だけど、いい。って、わかりにくいか。

「相手はだれ？」

「こないだ言ってた、好きな人」

「あれ、本当だったの？」

「存在はね、ホント。でも両思いじゃないの、まだ」

むかっ。

「行くの、やめてよ」

「行くわ。せっかくお店も予約してもらったのに。ずっと行きたかったところなのよ。予約が取りにくいところなの」

じゃあ、僕と行こうよ、と言いたかったけど、その言葉を飲み込む。むむむ。なんか、もやもやするなあ。これがナオミと別れる糸口になるかもしれないというのに、まだ目の前で起こりつつある現実的なことに対しては、心が波立つ。それとも、もっと達観して大きな目で見守るべきだろうか。そして、どうなるか見て、それによって自分の気持ちをはっきりさせるとか？

「心配しないで。浮気はしないわ」

って言われてどうよ、オレ。


その夜は、ひとり、「蒲焼さん太郎」をつまみにビールを飲みながら寂しくナオミの帰りを待っていました……。そして、弱いくせに相当酔っぱらってしまった僕。で、酔って帰って来たナオミは、まるで見知らぬ他人のように美しく、遠く、ああ、なんかこれ、完全に彼女の手のひらの上じゃないか？　本当に男なのか？　ウソじゃないか？　などとぐるぐるしながら、僕の心と体は、いつになく熱く燃えてしまったのです……。そして、雲の上を飛んでるような時間が過ぎていったのです。


次の朝。

もうナオミに振り回されるのはやめよう。冷静に、おだやかに、淡々と自分のペースで生きていこうと、僕は誓いました。そう思うと、なんてさわやかな朝でしょう。世界は、とても美しい。贅沢を言わなければ、ささやかな暮らしでも充分に満足を得られます。今日は、早く帰って僕の好きなおかずを作って、好きなスポーツニュースでも見ながら、のんびりしよう。そう思ったら、がぜんしあわせ感がわいてきました。僕はもうこの家の中で、ひとりでしあわせになるんだ。ナオミにはかまうな。

「ジュンちゃ〜ん」

来た。

「なんでしょう」

「大好き」

かまうな。

「うーん」としなだれかかってきて、僕の体にまといつくナオミ。

かまうな。やらしさに負けるな僕。……僕。

……負けてしまいました。また、雲の上を飛んでるような時間が過ぎていきました。

最近、アイツ、かんしゃくおこさなくなったなあ……。あんまり泣きわめきもしないし。叩かれる回数も減った。呼びすてにしても怒らない。成長したのかな。大人になったか。僕のおかげで……なんて。それに僕のキャラもちょっと変化。男らしくなったような気がする。言葉遣いも変わったような。ナオミのおかげか？　ナオミにも慣れたし、疲れる毎日だし。

慣れと疲労は、男を大人にする……などと通勤電車の中で思いにふける。

結婚して、今年で3年。今日は結婚記念日で、家で僕が料理を作ることになってる。何作ろうかなあ……。ケーキ買って帰ろうかな。

「人のプライドをずたずたにするのはやめてくれ」

「なによ。勝手に傷ついてるんじゃん。カッコつけて」

「なに？」

「もっと素直になれば？　プライドとか自尊心とか、そんな形だけのもの、なくしてよ」

「それをなくしたら男じゃないだろ」

「男？　男ってなに？　バカみたい」

　まったくくだらないことが原因でケンカしてしまった。せめて食後だったらよかったのに、空腹の上に、美しいケーキの箱が虚しい。

　ナオミはよく、僕の人間性を否定するようなことを言う。それを言ったらおしまいじゃないかっていうようなこと。それで僕は頭に来て、もう二度と許さないし、口もきかないし、いつかきっと別れてやるぞと思う。あそこまで言うかな。あそこまで人は人に言うかな。ひどいと思わないかな。僕は、……僕も言い返したいけど、ちょっとは納得するところもあるし、言ってもまた立て板に水のように言い返されるかと思うと、のどのところに言葉がぐっと詰まってしまい、反論できなくなる。でも、だからといって人のプライドを破壊するようなことを言わなくてもいいじゃないかと思う。ずたずたでボロボロ。じゃあそんな男と、いなきゃいいだろ。今すぐ、出て行けよ、と僕は言いたい。言えないけど。言ったら大変だから。たぶん、めった打ち。だから僕は、嫌になったら自分の部屋に逃げ込んで鍵をかけて、閉じこもる。情けない。

家庭は安心できる居心地のいい巣。

でも僕の家庭は、反対。いつまでたっても緊張しっぱなし。いったいいつまでこのテンションが続くのだろう。気を許したと思ったら、足下をすくわれる。まるで、敵のよう。スパイか？　なにを狙ってる？　なにも持ってないですよね、僕。

ナオミは器用じゃないけど、集中力がある。ある日、仕事から帰ったら、部屋中にもこもこしたものが散乱していた。「なんだ？　これ」と聞いたら、ぬいぐるみを作っていたという。

小さくて単純なぬいぐるみを大小30個ぐらいも作っていた。

「よく、作ったね」と僕は、それがかわいいのかかわいくないのか判断しかねつつ、そっと言った。

「うん。このもこもこした布があまりにもかわいくて……」と、30個余りの大小のぬいぐるみの中に座って、こっちも見ずにまだ一生懸命に作りながら答えている。

「ナオミさんも……昼間、ヒマなんじゃない？　仕事もやめちゃったし。なにか、やってみたら？　このあいだのあれ、おもしろかったよ。……鬼姑のエッセイ」

それは、ナオミが退屈紛れに書いたエッセイで、女性誌に投稿したら入選したのだった。内容は完全にでたらめ。鬼姑にいじめられる若妻の話なのだが鬼姑なんかいないし（僕はその鬼姑が実はナオミの本質なんじゃないかと思ってる）、なんだか生き生きとしていて笑えて、おもしろいなあと思ったのだ。実家の両親や妹にも教えたら、さっそく買ってきてみんなで感心しながら読んだらしい。本当だと思われて誤解されたらどうしようと心配しつつも。

「あの話、みんなにおもしろいおもしろいって評判だったから、また書いたら？」

「ああ、あれ？　ふーん。……そうね。また書いてみようかしら」

「また鬼姑の話？」

「うーん。今度は……ダメ夫っていうのはどう？　最低な。……『最低な夫』……」

「僕だと思われたらどうしよう」

「名前は出さないわよ」

「ふーん。じゃあ、いいよ。また書きなよ。楽しみにしてるから。けっこうおもしろいから。ナオミもなにか夢中になれるものがあった方がいいよ。エネルギーあるんだから」

「わかった」

それからは、急に火がついたように朝も晩も部屋にこもって書き続けている様子だ。「ちょっと見せてよ」と言っても、「途中だからダメ」と全然見せてくれないし、最近は話しかけても上の空で、めったに顔も合わさない。大丈夫だろうか。でも嬉々《きき》として書いているようで、そういう姿を見るのは僕もうれしい。おかげで僕の家事は増えてしまったけど（集中している時のナオミは、なにもしないのです）。

ナオミは、バスルームにある僕のものを勝手に使う。使ってフタをきちんと閉めない。僕のものは勝手に使うくせに、自分のものを使われると異様に怒る。

不公平じゃないか？

と言うと、貴重なものだからとか高価なものだからとか、あれこれ理由をつけて正当化しようとする。おかげで、僕のお気に入りの石けんは、ナオミにすっかり無駄遣いされた。大切にしていたのに。いい匂いだったし、大事な人からのおみやげだったし。

大事な人……。

実は、ここで告白します。

僕、ちょっと好きな人がいるんです。もちろんそのことは相手には伝えていませんし、普通の仕事仲間として仲よくしてもらってるだけなのですが、僕の心のオアシスとして、苦しい時の拠《よ》りどころにさせてもらっているのです。勝手に。

「ジューンー。できたよー」

ナオミが呼んでます。

「はーい」

と答える自分が不憫。

それでも反射的に急ぎます。

「なに?」

ナオミがうれしそうに僕にノートを手渡しました。

表に「最低な夫ジュン」と書かれています。

「なんだよ。名前、出さないって」

「それがさあ。名前がないと書けないんだよね、やっぱ。ジュンのことを思い浮かべたら、すらすら書けたわ」

「そうか。……よかったね。読んでいいの?」

「うん。私、寝るね。ずっと寝不足で」

ドアを閉めてナオミは寝てしまったので、僕はリビングに向かい、ワインを飲みながらゆっくりと拝見することにした。

「最低な夫ジュン」

何度も書いては消しました。書きたいけど、書いてはいけないと思い直して。何度目かに迷ったあと、意を決して書くことに決めたのは、これを書いてしまわないと私の人生はこのまま終わると思ったからです。もう一度、人生を新しくやり直したい。そのために、清水の舞台から飛び降りる覚悟で、この手記を書く決心をしました。

私には夫がいます。2つ年上で、名前はジュンといいます。最初はとてもやさしい人でした。だれでも、最初はやさしいものだということはわかっています。私だってそういうところがあると思います。だんだん慣れてくると人は、地がでてきて、怒りっぽくなったり黙り込んだりしますから。

ジュンはとってもケチンボです。それは、つきあってる頃はわかりませんでした。石けんの減りが早いとか、野菜の剝き方が贅沢だとか、コーヒーに入れる砂糖の使い方までいちいち細かく注意されます。どうしてこんなにケチンボなのかと不思議に思っていましたら、彼の実家に行ってわかりました。彼の家は子だくさんで、6人兄弟です。下に5人も弟や妹がいて、お菓子を食べるにも、みんなで小分けして食べるのです。だからしょうがない、と思いました。

でも、それは別にいいのです。それよりも困るのが、私の行動を逐一観察することです。まるでヘビのような目で毎日私をじっと見ているのです。とても怖くて気持ちが悪いです。どんなに逃げ出したいと思うことか。ただ、それほど私のことが好きなのかなあと思うと、なんだかかわいそうな気持ちもします。ジュンはこれといって取り柄もなく、全然モテませんから。せめて私だけでも側《そば》にいてあげなくてはとボランティア精神が刺激されます。だから、そんなことも全然いいのです。最も困ったのは、これです。

ジュンは、ジュンは、世にもめずらしい変態だったのです。そのことを知ったのは、結婚して数ケ月たった頃です。やけに自分の部屋でおとなしくしてるなと思った私が、そっとドアを開けて覗いてみたら、ジュンがクローゼットを開けて、その中をうっとりと見つめていました。なんだろう……。その日はそのままそっとドアを閉めて去りました。そして、次の日、ジュンの部屋に入り、普段開けたことのない彼のクローゼットのドアを開けてみました。そこにあったものは、無数のキューピー人形でした。さまざまな服を着ています。中には、下着姿のものまで。といってももちろん赤ちゃん肌着ですが。ジュンはキューピー人形フェチだったのです。ある日、またジュンが部屋に閉じこもっているので、私はまたまたそっとドアを開けて見てみました。するとジュンは、あのクローゼットの前にたたずみ、キューピー人形を両手で抱えて目をつぶってキスしていました。そして、体のいろんなところに押しつけ始めたのです……。

ナオミー！


「なによ。寝てるのに」

「こ、これは……」

「あ、おもしろかった？」

「途中までしか読んでない」

「最後がいいのに。ジュンがキューピーたちと家出するのよ。ハッピーエンド。ジュンにとってはね。キューピーちゃんたちを鞄につめて、愛の逃避行」

「なにからなにまででたらめを」

「現実のジュンが平凡でつまんないからよ。あなたがもっとドラマチックな人だったら、こんなでたらめも書かなくてすむのよ」

「ううぅ」


「ジューンー」

ナオミが僕を呼んでいる。

この時の声で、内容がだいたい想像できる。怒られるのかどうかが。

「はい」と僕は急ぐ。

「ジュンちゃん。トイレのフタ、しめてないよー」

「あ、ごめん」

「ジュンちゃーん。おフロに毛がういてるー。しかもこれ、髪の毛じゃないよ〜」

「あ、ごめん」

「いつも出る時、ちゃんと掃除してるよねえ？」

「うん」


「ジュンちゃ～ん」

「あ、ごめん」

「まだなんにも言ってないよー」

「あ、ごめん」

あやまるクセがついている。ぼーっとしてる時は特に。


ナオミは独自の考えを持っている。

「頭のいい悪人より、バカな善人の方がずっといいわ。どんなに頭がよくても、悪人は嫌い。どんなにどんなにどんなにバカでも、いい人がいいわ」

「……そのバカって、僕だよね」

「そーよ」

「喜んでいいのか……」

「喜んでいいのよ！　いちばんいいじゃない、いい人が」

そうかな……。僕にはよくわからない。

ナオミに言わせると、僕はとても素晴らしいらしい。でもナオミの言うことだから、僕はあんまりうれしくない。ナオミの考えは、独自だから。

家に帰ると、世の中の基準と違う世界が待っていて、僕は家の中と家の外という、まったく違うふたつの世界を行き来している。どっちの世界が本当か、どっちの世界がしあわせか、僕には判断できない。人に言っても理解されないだろうこのナオミの世界の住人になってから、僕は旅人になった気持ちでいる。本当の意味でひとりなのかもしれない。

旅といえば、ナオミと一緒に旅行には行きたくない。

一度だけ、彼女と海外旅行に行った。行き先で、まずもめた。僕は自然が好きで、きれいな海で泳いだり、のんびり空をながめたり、雄大な景色の中をハイキングしたりしたかった。けどナオミは自然が好きじゃないし運動が嫌いなので、都会に行きたがった。なので、もちろん僕が折れた。で、ナオミが行きたかったパリに行くことになったのだけど、もちろんフランス語なんてしゃべれないし、石でできた街ってなんか嫌だった（僕は土が好きなのです）。ナオミの友だちの友だちがフランスで旅行代理店をやってるからって、そこに全面的にお世話になることにして、全部彼女が旅程を決めた。大きな（カラの）スーツケースを引いたナオミと小さな鞄をかかえた僕はパリの空港に着いた。ナオミは興奮していたようだが、僕はちっとも胸が躍らなかった。どうせ買い物だろ。ガイドのフミオさんという人が迎えに来てくれて、僕たちは車に乗り込んだ。フミオさんは、ナオミの友だちの友だちがやってる代理店で通訳としてアルバイトしているのだそう。車中、ふたりの会話は、ナオミの友だちの友だちというそのやり手の代理店の社長の話題で盛り上がっていた。ナオミはその人に一度日本で会ったことがあるらしい。

フミオ「彼、犬、命なんですよ」

ナオミ「へえ〜」
フミオ「人を信用できないんですよ」
ナオミ「ふふふ」
フミオ「僕が思うに、かつて女性にひどい目にあったのではないかと。ここだけの話ですけどね」
ナオミ「ふふふ。前に話した時に、すごく飽きっぽくて、数年ごとに引っ越してるって。パリには海がないから、次は海のあるところに行きたいって言ってましたよ。海のレジャーがお好きだとか」
フミオ「あ、そんなこと言ってましたか？　そう、飽きっぽいんですよ、ボス」
ナオミ「いちばん楽しいことってなんですか？　って聞いたら、バイク、って。これは高校生の頃からずっと飽きませんって」
フミオ「そうですね。でも、すごく仕事はできるんですよ」
　と言ってるあいだにも、無線でボスからのチェックが頻繁に入ってる様子。これぐらい神経質じゃないと外国で自分で仕事を立ち上げてやっていけないのかもしれないなと僕は密かに感心していた。なにしろ疲れたので、僕はガラスによりかかり、ずっとひとこともしゃべらずに窓から外を見ていた。
フミオ「ナオミさんのご主人、寝てらっしゃいますか？　寒くないですかね」
ナオミ「大丈夫」
　寝てないよ。それに、寒いよ。
フミオ「……彼と、もう長くていらっしゃるんですか？」
ナオミ「ん？　2年ぐらいかな」
　4年だろ。
フミオ「やさしそうな方ですね」
ナオミ「でもない」
フミオ「ふっ。そうなんですか？」
ナオミ「ただの……」
フミオ「あ、ここです。着きました」
　ただのなんだよ。

ホテルもナオミが選んだ一流ホテルで、僕はちょっと気後れした。けど、僕はあとをついていくだけ。すべておまかせなので気楽だ。これはこれでいいな。ぼーっとしとこう。フミオさんの後ろを歩いていたら、部屋に着いた。

「じゃあ、明日、9時にお迎えに来ますね。ではロビーで」と言ってフミオさんはさわやかに帰って行った。ナオミはシャワーをあびると言うので、僕はさっそくベッドに潜り込もうとしたら、「あ！……ジュン」と言う。

「なんだよ」

「大変」

「なに？」

「始まりそう」

嫌な予感。

「生理？」

「うん。予定より早いけどそういうものよね、旅行に出ると。……買って来て」

「ということは、あれ？　このロマンチックそうなパリに来て、僕ら、一度も……」

「そうよ。なにガッカリしてるの！　そういうことしか考えてないの？　早く買って来て」

「えっ！　自分で行ってよー」

「だってもう脱いじゃったもん」

「フランス語しゃべれないし、どこに行ったらいいかさえもわかんないんだよ」

「ホテルなら英語も通じるわよ。辞書だってあるでしょ。ホテルの人に聞いて。どこかにあるわよ」

嫌だなあ。でも、ここで討論してもムダなのはわかってる。さっさと行ってくるしかない。

電子辞書に「ナプキン」と打ち込む。英語でもナプキンかあ。

言語って、不思議だな。ここの国では長い時間かけて、あれをこう呼ぶ。僕らの国では長い時間かけて、あれをああ呼ぶ。他の国ではまた違うふうに。国によって違う言葉がたくさんある。それが、こうやって翻訳できて簡単に意味を通じ合えるなんてすごいな。中にはこっちの国の言葉にはあって、こっちの国の言葉にはないものもあるんだろうな……なんて感心してるうちにフロントに着いた。困った顔をしながら、辞書を見せる。

わかったわかったと言うような顔をして、ホテル内のショップの場所を教えてくれた。そこに行って、また辞書を見せたら、なにかを包んでくれたので、言われたままにお金を払った。それを持って帰ってバスルームのナオミに渡して僕はベッドに入った。

しばらくして、「ジュ〜ン〜」と声が。機嫌の悪い声じゃない。なんだろう。

「これ、違う」

「え？」

「これ、ごはん食べる時のナフキン」

「うーん」

ふたたび行くことに。今度はもっと詳しく入力したので、無事に買えた。するとナオミが、「お腹すいたね。なにか食べに行こう」と言う。

「ええー。僕、もう疲れたよ。これでいいよ。部屋で食べる」と持って来たカップ麺を取り出したら、ナオミに一喝される。「どこにいると思ってるの？　もったいない」と。しぶしぶ出かける支度をする。

といっても、やはりナオミだって疲れてるのでホテルの中のレストランにすることにした。メニューの内容もよくわからなくてナオミが適当にふたつだけ、サラダとメインから頼んだら、すごい見た目と量のものが来た。なんか茶色のかたまり。へへへエと笑いながら、ナオミがそれをつついてる。「僕、部屋に帰ってラーメン食べるからね」と言うと、「私がラーメン食べるから、ジュン、これ食べてよ。ナオミ、内臓みたいなの嫌いだから」「内臓じゃないかもしれないよ」「違うかもしれないけど似てる」「似てるかもしれないけど違うかもしれないよ。……たぶん違うよ。骨みたいなのが見えるし」……とここで言い合ってもムダなのはわかってる。パンだけはたくさん食べて、部屋に帰る。

「ナオミさん。もう、寝ていい？」

「うん……」

「まだなにか？」

「すごく疲れたから、マッサージしてくんない？　ジュンのマッサージ、上手でしょう？　ナオミ、人に体を触られるのは嫌だけど、ジュンだけは大丈夫なの。ジュンしかだめなの」

「ええーっ」と言いながら、ちょっとうれしい。で、「ちょっとだけだよ。僕も疲れてるんだから」って言って、うつぶせになったナオミの上にまたがる。あまり強く力を入れないようにして、ゆっくりと背中や腕をさすってあげた。

「うーん。気持ちいい。やっぱり、ジュンのマッサージ最高……」とナオミが褒めてくれたので僕は気分がよくなって、なお一生懸命に尽くした。気持ちよーく、気持ちよーくって祈りをこめて。

そうするうちに、健康な僕はなんだかむらむらしてきた。やばい、まずい、と思いながらも、首すじに顔をよせて、手を脇からそっとナオミの胸に回し込んだ。まだ大丈夫だよね……ナオミ、チャンスがあるとしたら今しか……ないよね……。

「ジュン！　ダメよ！」

「はい」

「なんだか眠くなっちゃった……おやすみ」と言いながらナオミはもう眠りかけている。

僕はしかたなく、熱い心を熱いカップ麺で静めたのだった。うう。

で、次の朝、目覚ましの音で起きて、眠かったけれどようやく着替えて9時にロビーへ行った。フミオさんがいた。さわやかな顔をして。さぞかし僕はどんよりとした顔をしていただろう。昨日はあれからちっとも眠れなかったし。ナオミはグーグーだったけどね。

そしてそれから一日、買い物につきあわされた。僕は途中で帰るよと言ったのだけど、荷物持ったり、なにかと便利だから一緒にいてと帰してもらえなかった。そんな毎日が帰る日まで続いた。カードでお金も飛んでいった（帰国してしばらくはすごい粗食の日々だった）。

「ナオミさん。僕のものもなにか買ってくれるの？」

「ううん」

「なんにも？」

「うん。ほしいの？」

「そりゃあ……」

「ふーん。だったら、お菓子ならいいわよ」

「お菓子？　僕、あんまり甘いものは……」

「じゃあ、いらないのね」

「いや、ちょっとなら」

「帰りに買って、部屋で食べようよ。行きたいお店があるの。フミオさんに言っとこう」

なんだよ、お菓子って。自分が食べたかっただけじゃないか。

たくさんの荷物を抱えて部屋に帰った。

「お茶いれて」

「……はい」

予定していたすべての買い物が終わって、ナオミはとても満足そうだった。

帰りの空港までの送りはフミオさんは忙しくて来れないそうで、代わりにアシスタントのクミちゃんという女の子が来てくれた。その車中も、ボスの話で盛り上がった。

どんだけボスの話だよ。

ナオミ「ボス、犬、命なんだそうね」

クミ「そうなんです〜。エサって言ったら怒られました」

ナオミ「へえー。じゃあなんて？　ごはんって？」
クミ「はい」
ナオミ「犬、会社に連れて来てるの？」
クミ「はい。２匹いて、１匹がすごく吠える犬なので、家に置いとけないそうなんです」
ナオミ「ボス、人を信用できないんだってね」
そういう話、好きだよな、ナオミ。
クミ「そうなんです～。ここだけの話ですけどね」
みんな、同じこと言ってる。
ナオミ「ふふふ。でもお仕事はできるんでしょ？　厳しそうだものね。チェック」
クミ「はい」
と言ってるまにまた無線でチェック。
ボス「大丈夫ですか？　今、どこですか？」
クミ「これから市街を出るところです」
ボス「空港へ向かうところです」

クミ「空港へ向かうところです」
ナオミ「言い直し？」
クミ「はい。研修中なので」
そして、長い時間をかけて日本に帰って来た。僕はパリには買い物の記憶しかない。旅行にはもう一緒には行きたくないと言ったら、ナオミも「私も。なんだかジュン、邪魔だったわ」。

休日の朝。僕はいつまでもベッドで惰眠をむさぼる……。

うとうとと……とろとろとろ……。

この時間が最もしあわせな時間だ。あたたかくやわらかい空間。

永遠にここにいたい……。

というわけにはいかなかった。洗濯しなきゃ。それから1週間分の掃除に、買い出し。えーっと、切れてた日用品はなんだっけ……。塩と、コンソメと、電球とボールペン、コロコロのテープ。ティッシュペーパーもないし、ああ、かさばるなあ。と考えてたところに、上から重いものがドサリ。苦しい。

「ジューン。起きよう」

「わかったから、どいて」

加減を知らない。

「ジュン」

夜、ソファで本を読んでいたら、ナオミがにこにこしながら近づいてきた。こういう顔の時は、最高にヤバい。なんだ？　なにを企んでいる？

「なに？」

「うん……。あのね」

言いにくそうだ。ますます怖いな。

「知ってる？　赤ちゃんプレイって、すごくいいんだって」

「…………」

「大人になった男性が、赤ちゃんになるのって、ものすごーく、ものすごーく解放されて、気持ちいいんだって」

「僕はやらないよ」

「すごく、気持ちいいどころじゃないんだって。自我の崩壊と再生が起こるような……、世界が変わるらしいよ。ほら、ジュン、変わりたいって言ってたじゃない」

「それは……そういう意味じゃないよ」

「ね。恥ずかしいことほど、そこを抜けると解放感が……。ジュンって平凡でしょ？」

ムッ。

「だから、こういうことでも、違う世界を垣間見るのって、価値観も変わるし、自分を大きくするのにいいんじゃない？」

こんなんで大きくしなくていいよ。つーか、なるかよ。

「……やってみない？」

ナオミが僕をじっと見つめる。目を見ないように気をつける僕。なおも僕の目を追いかけるナオミ。逃げる僕、追うナオミ……。ついに目を見てしまう僕。強く輝くナオミの目。黙って見つめかえす僕。

黙ったまま時間が過ぎていく。

カチカチカチ……。

今、僕はベッドの上に半裸になって横たわっている。

頭にはシャワーキャップをたぶん、かぶせられている。ナオミがお玉を持ってきた。

「ガラガラがないから、これ、にぎって」

「ばぶう」

と、言わなきゃいけないらしい。

「きゃあ〜。かわいい」

かわいいかよ。

「赤ちゃんのおててはW、足はMの形よ。うん？　ほら、おててはWよ。うでを曲げて」

こうか？　お玉を持った腕をきゅっと曲げる。

「そうそう。いい子ね。そして、……足はM」

M？　どういうことだ？

「Mよ。おひざをぐっと曲げて、そして左右にひろびろと広げるのよ！」

M…………ああ、屈辱……。

「そうそうかわいいあんよね」

「ばぶうばぶう（ホントに泣きたい）」

「ふふふ。いい子。そうそう抱っこしてあげましょう……」

わあい。それはうれしいぞ。

「ちょっとまって、ジュンちゃん。私の赤ちゃん。忘れてたわ！　おむつもかえなきゃね、もうおしっこいっぱいじゃない？」

「ばぶうばぶう！」

そんなのいやだ！　と僕は、せいいっぱい首をふった。

「あらあ。うれちいの！　ジュンちゃん。たんまりおしっこ、たまってたのねえ。ごめんね、ママがいけなかったわ」

「ばぶうばぶうばぶうばぶう！」

ちがうちがうちがうちがう！　僕は必死になって目で訴えた。

「ジュンちゃん！　かわいそうに。そんなに涙目になるほど我慢ちてたの？　ちょっとまっててね！　すぐよ！」

ナオミが急いで洗面所からタオルを持ってきた。

「はい。Ｍのお足から、パンツを脱ぎましょ」

「ばぶうばぶうばぶう‼」

いやだいやだいやだ。僕はＭの形のまま、足をバタバタさせた。

「ほらほらダメよ。パンツが脱げないでしょ」

バタバタバタバタ。いやだ〜‼

「バタバタしたらダメって言ってるでしょ！　わかんないの‼」

バシッ！　バシッ！　とナオミのパンチが脇腹に入った。

ぐっ……。い、てえ……。

「ふふふ。おりこうね。そうそう。ホントには脱がなくていいのよ。そこまでは私もいやよ。パンツの上からおむつをはかすわね」

「……ばぶう」

「ちょっとおしりを上にあげて」

「……ばぶう」

「はい。いい子ね。（ポン、ポンとたたいて）で・き・た。これでおむつもすっきりしたわよ」

「ばぶう……」

「次はおっぱいね」

「ばぶう！」

それはうれしい！　僕は両手を振って喜んだ。

「ふふふ。そんなに喜ばないの。あ、その前にお顔をきれいきれいにしましょう。目をつぶっててね」

あたたかいお湯でしめらせたガーゼで僕の顔をきれいにふいてくれてるようだ。

「おめめのまわり……くるん、くるん。お鼻のまわり……くるん。お口のまわり……くるん。両のほっぺ、くるんくるんくるん。

……はい、いいわよ。まあ、すっかりきれいになったわ。かわいいばぶちゃん。

やっとごはんね。はい。おいで。ばぶちゃん、だっこしてあげる。よいしょ」

ナオミに抱きかかえられて、僕はうっとりとナオミを見つめ、目をつぶった。気持ちいい。

「あーん、して」

言われるままに、僕は小さく口を開けた。

ナオミの乳首が僕の小さく開けた口に差し込まれた。赤ちゃんを想像して、ちゅうちゅうと吸ってみる。

「よしよし。おりこうね〜、おりこうね〜。ジュンちゃんは、とってもおりこうね〜」

やさしくうなじをなでてくれる。しあわせだ……。とても……。

う……ナオミ、もうこれ以上、赤ちゃんではいられない。

僕は僕に返っていいですか？

「ああっ、ジュンちゃん。どうしたの？　ダメよ。ママに……なんてことするの……？」

でも、ナオミもナオミに返ってくれた。

そして、雲の上を飛んでるような時間が過ぎていったのだ。

次の朝、シャワーキャップをかぶったまま目覚めた僕。

隣のナオミをゆり起こして言ってみた。

「ばぶう」

……無視かよ！

遅刻してしまった。これもナオミが朝食を作れって命令したからだ。僕はバナナとヨーグルトだけでよかったのに、オムレツなんか作らされてしまった。

自分の机に駆けつけた時、なんだかまわりの視線が気になった。みんながくすくす笑いながらこっちを見ている。なんだ？

「どうかした？」と隣の席の同僚に聞いてみた。

「これ……」と待ち構えたように見せてくれたのは、女性週刊誌「週刊ヘブン」。そ

の付箋が貼られた（貼るなよ）ページを見ると、

　読者投稿実話手記「最低な夫ジュン」磯崎ナオミ

　という文字。こ、これは……。

「これ、磯崎んちの奥さんだよね？　ククク」

アイツ……、名前は出さないって。しかも自分の名前まで本名で……。

まわりを見ると、ほぼ全員がこっちを見ている。キラキラした目をして。

「いいっスね。賞金、１００万円だそうですよ」

息もできないぐらい急いで家に帰って、すぐにナオミに問いただす。

「これ、なに」ハアハアハア……。

ドサリと雑誌をテーブルに置く。

「あら！　もう知ってるの？　あーあ、残念。驚かそうと思ったのにー。すごいでしょ」

「今日、会社でものすごく恥ずかしかったよ。どうにかでたらめだってことを信じてもらったけど」

「ふうん。やっぱり私、うまいんだわ」

「もう書くなよ」

「書けってすすめたの、ジュンじゃない」

「だけどさ。こんなの書くなんて思わないだろ」

「どうする？　１００万円」

「……それはちょっといいよな」

「ね！　ふたりで分けようよ」

「……いいの？」

「もちろん！」

「（ゴクリ）なに買おう」

「なに買おう！」

単純な僕ら。

日曜日の散歩。今日は、ナオミも一緒に行くという。

「買い物もついでにしちゃおかな」と、なぜか気分のいい僕。

玄関で待つナオミのところへ急ぐ。

「早くう。ジュンー。どうしていつもそんなに準備が遅いの？」

すべての用を片づけるのが僕だからだよ。窓を閉めて、電気を消して、お財布持って、エコバッグ持って……。

「こんな時、犬がいたらいいわよね。一緒にお散歩できるのに」

「こんな時だけでしょ。ずっといたら大変だよ。世話するの。ナオミさんには無理だと思うよ」

「そうかな」

「ポン太郎がいるでしょ」

「すっかり忘れてた。ポン太郎のこと。ジュン、物覚えがいいね」

「……かわいそうに、ポン太郎」

「紙のポンでも？」

「紙のポンでも」

外はさわやかな空気だった。隣の生け垣の花がきれいだ。

「この花、なんていうんだろう……」

「薔薇じゃない？」

「薔薇って、こんなじゃないだろ」

ナオミはなんでも薔薇って言う。いろんな花の名前、知りたいな。

途中、小さな神社があった。

「お参りして行こうよ」とナオミが言う。

「いいよ」

ふたり並んで、ポンポンと手をたたく。目をつぶって頭をたれる。

僕は、（ナオミの色気に負けないで、自分の道を歩いていけますように）とお願いした。

「なにお願いしたの？」とナオミが聞く。

「うん？　ふたりが幸せになれますようにだよ」それぞれに。「ナオミは？」

「ジュンが健康で、お仕事もうまくいきますように」

「もっといっぱい働いて稼げって言ったんじゃないの？」

「……なんでわかるの？　私、声に出してた？」と本気で驚いてる。

いや。そんな気がして。……なんだか、わかるようになってしまった。


気持ちのいい日だなあ。

「ナオミ、今日、これから、ナオミの実家に遊びに行こう」

「ええーっ。どうして？」

「行きたくなったんだよ。おみやげ買おう」

ナオミの家に電話したらみんないて、大歓迎と言われた。たまきくんはなにか僕に相談したいことがあったらしく、ちょうどよかったと言ってくれた。

「うーん。なにがいいかな。ケーキにする？」

「なんでも」とナオミはちょっとしぶしぶ。


到着すると、お母さんは、バタバタあわてて掃除をしていた。

「お母さん。いいですよ。料理は得意だけど、掃除は苦手なんですよね」

「あらっ？　なんで知ってるの？　その真実」

「ご自分でおっしゃってたじゃないですか」

「そお？　私、なんでもしゃべってるのねえ〜」とぼんやりと自分に感心するお母さん。

「これ。おみやげのケーキです」

「うれしいわあ。来てくれただけでもうれしいのに。ケーキまで。ダブルのしあわせ……。あ、たまき。たまきー、ジュンさんよー」

「はあ〜い」と2階から声がする。

「なんだか相談したいことがあるとか」とお母さん。

「なんでしょう？」

「さあ……。きっとくだらないことよ」

「でしょうね。まだ高校生ですからね」

「ほほほ」

「でも本人にとっては大問題」

「ね」

「真面目に聞いてきます」

「ええ。からかわないように気をつけて。私いつも怒られるのよ。ふざけてるって」

「あ、それはわかります」

「あら。言うわね。あとでお茶、持ってくわ」

「よろしくお願いします」

2階に上がり、たまきくんの部屋をノックする。見るたびにどんどん変わっていく彼の部屋。さすが若者。青春だ。

「どうした？」

「ジュンさん……。実は僕、ある人につきあってくださいって言われてて」

「うん」

「どうしたらいいか……」

「その人のことを好きじゃないの？」

「うーん。嫌いじゃないけど。どちらかと言うと、見た目はタイプなんですけど……」

「だったら、つきあってみたら？　試しに」

「でも、その子、ちょっと似てるんです、性格が」

「だれに？」

「……お姉ちゃんに」

「それは、やめた方がいいな」

「やっぱり。そうですよね」

「たぶん、君は長いあいだナオミに鍛えられて、その手の女子につけこまれる匂いを持ってるんだよ。ある種の包容力というか。その子は君の中にそれをかぎつけたんだ」

「はい……」

「できるだけ、そっち方面からは遠ざかった方がいいぞ」

「わかりました。そうします。そういう気がしてました。……ところで、ジュンさんは」

「僕か？　僕は……僕はいったいどうなるんだろう」と両手で顔を覆い、ガクッとうなだれる。

「ジュンさん……」たまきくんが心配そうな顔をして僕を見ているのがわかる。

そこへ、コンコンとノックしてお母さんがやって来た。お茶とケーキを持って。

「どれがいいかわからなかったから、適当に選んだけど」

「あ、ロールケーキ、これ、僕のです」このロールケーキだけは食べられる。

「そう。よかった。で？　相談事は？」

「もう終わりました。的確な助言ができたと思います」

「そう。よかったわね。たまき」

「うん」

「下で、お父さんが庭でも散歩しないかって言ってたわよ。池の鯉に一緒にエサをあげたいんですって」

「お、いいですね。これ、食べたら行きます」

「そのあと、私とトランプしない？」

「いいですよ」

トントントンとお母さんが下りていった。

ナオミはどこだろう。

「ナオミはどこかな」

「たぶんお姉ちゃんはあそこですよ」

「うん？」

「チロのお墓です」

「なに、それ」

「昔、子どもの頃、チロって犬を飼ってて、お姉ちゃんがふざけてて池に落として死んじゃったんです。で、ある時、妙な占い師の先生が、チロの霊がお姉ちゃんについてるからお姉ちゃんの気が荒いんだって言って、チロを供養しなさいって。で、立派なお墓を作って念入りに供養してるんです。特にお母さんが。お姉ちゃんもなんだか怖がってて、家に帰るたびにまっさきにチロのお墓に行くんです」

なんだ、それ、初耳だぞ。犬、殺《や》ってたんじゃん。

「じゃあ、僕、ちょっと庭でお父さんと鯉にエサ、あげてくるから。たまきくんもあとでおいでよ。トランプしよう」

「はい。あとで行きます！」

行きかけて、「あ、そうだ、たまきくん」。

「はい？」

「さっきの話ね、逃げようとしてもたぶん、もう逃げられないかもしれないよ。君はもうそのナオミ似の彼女に目をつけられたんだから。もし彼女が本当にナオミと同じ種類だとしたら、けして、逃げられないと僕は思うなあ……。ま、ひとりでも楽しめる趣味を早く見つけることだね。いつでも逃げ込める自分の世界があると楽だよ。ふふ」

「ジ、ジュンさん……」

たまきくんの青ざめた顔を肩越しにチラリと見て、僕は階段を下りた。

ああ～、なんだか、長いことナオミといたせいで、どんどん意地悪になっていってる気がするなあ。楽しいなあ、生きるって。

「あ、ジュンくん。こっちこっち」

お母さんが廊下で僕を呼び止めた。きれいな花を手に持っている。

「どうだった？　たまき」

「はい。最後に一刺し、しときました」

「どんな？」

「ぶすっと、痛いヤツ」ニヤリと笑ってしまう僕。

「なんの話かわからないけど、なんだかおもしろそうね」

「若いうちは苦労した方がいいですからね」

「なんの話かわからないけど、そうね」

「鯉にエサ、やってきます」

「行ってらっしゃい。早くね」

「はい。あ、その花」

「うん？」

「もしかして、チロの？」

「……そうよ」


庭に出ると、お父さんがもう池の前で待機していた。

「ジュンくん。こっちこっち」

「あ。こんちは」

「さあ。これ」と鯉のエサを手渡される。

「どうだい？　日々」

「まあまあです」

鯉たちが近づいてきた。みんないっせいに大きな口を開けている。

「ナオミはどんなふうかな。まだヒステリーを？」

「最近はそうでもないですよ」

「そうか。よかった。落ち着いてきたのかな……」

エサを小さくちぎって、バシッバシッとピッチャーの投球みたいに鯉の口の中に投げ込む。

「やっぱり、チロのたたりでしょうか」

「聞いたのか」

「たまきくんから」

「そうか。そうなんだよ。あの子の気性が荒いのはそれだって。以前、占い師が言い出してね。それからすっかりみんなそのせいにしてるんだよ」

「違うんですか？」

「違うだろう。生まれつきだったよ」

「ですよね」

「お母さんは、それでも毎日拝んでいるよ。チロもかわいかったしね」

「チロはなに犬《けん》だったんですか？　犬種」

「……チワワだよ」


部屋に戻ると、お母さんがもうトランプを配っていた。

「お母さん。みんなの意見も聞かないでなにを？」

「七並べよ」

「ナオミは？」

「あの子、今は隣の和室で寝てるわ。トランプしたくないって」

「じゃあ、４人でやりましょう」

夕飯の支度もしないでお寿司をとって、夜遅くまで僕たちはトランプに興じた。非常に楽しい一日だった。

帰り道。

「ナオミ。今日はずっと寝てばかりだったね」

「うん。なんだかすごく眠くて眠くて……。どうしちゃったんだろう」

チロのたたりじゃないか？

「手、つないでいい？」とナオミが聞いてきた。

「いいよ」

ひさしぶりにナオミと手をつないで歩いた。

ナオミの手。

小さくてあたたかい。


「あ、すげえ」

見上げた空に、東京ではめずらしく天の川が見えていた。

立ち止まってふたりで空を見上げる。

「ホントだね、ジュン……」

星を見るふりをしながら僕は、ナオミのことを考えていた。

この人はいったい、僕のなんだろう。

僕はこの人のなんだろう。

大好きで大嫌いで、離れたくて離れられなくて、なぜかいつのまにか僕の中に生きていて、たぶん彼女の中にも僕が生きていて、これから先のことはわからないけど、もし今、彼女がいなくなったとしたら、僕はどうなってしまうのか、考えられないぐらい、たぶん僕は……。

次の朝、朝食を食べながらナオミが言った。

「ジュンもいつか死んじゃうのね」

「なんだよ、唐突に」

「ジュンもいつか、ぶくぶくにはげて、つるつるに太って、死んじゃうのね」

「……? つるつるにはげて、ぶくぶくに太ってだろ?」

「あ……、うん。間違ってた?」

「うん。反対に言ってた」

「とにかく、ジュンもいつか私の前から消えていくのね」

「そっちが先かもよ」

「それは考えてなかった」

「で、だからなに？」

「かわいそうだなあ、って。死んじゃうジュンが」

「そんなこと、まだ考えなくていいだろ」

「だって私、考えちゃうの。これからずーっとずーっと先のことまで。それを考えると、どんどん不安になってくるの。そして胸が苦しくなるの。……そして……」と言いながら、ナオミがしくしく泣き出した。

「ナオミ？　なんか変だぞ。いつものナオミらしくない。もしかして……」

「もしかして、なに？」

「チロのたたりじゃ？」

「なにそれ」

「だからチロの」

「チロって？」

「ナオミんちで昔飼ってた犬のチワワで、ナオミがふざけて池に落として殺しちゃって、ナオミの気性が荒いのはチロのたたりだって占い師に言われて、手厚く供養してるって……」

「だれが言ったの？」

「君んちの全員」

「ふふふ……ハハハ」

「なんだよ。笑い事じゃないだろ」

「ハハハ」

「もしかして」

「あはははは。あの人たちにいっぱい食わされたわね。うちね、みんな、お話つくるの好きだから。ジュン、単純だからね。みんなジュンのこと大好きよ。今時あんな騙されやすい人いないって。初めて会った時、興奮してたわ」

「(ガーン……)」

「どうしたの？」

「いや。顔洗って、仕事行ってくる……」

なんか……、ナオミだけじゃなく、ナオミの家族にまで捕まってないか？　オレ。

こわ……。

ああ～、ゾッと……今、寒気が……。


「ナオミ～。今日、タケの誕生日で、呼ばれてるから、行くから。遅くなるよ」

「わかった。よろしく言っといて。なんなら私も行こうか？」

「いいよ。今日はアイツんち、今すげえ、うるさいんだよ。二人目が生まれて」

そう。今日はタケの誕生日で、二人目の子どもの顔も見てないし、来いよと言われて行くことにした。おみやげはなにがいいんだろう。わかんないよなあ。子どものものって。ぶなんにお菓子でも……いや、たぶん物入りだろうから、生活必需品がいいよな。絶対に必要なものってなにかな。トイレットペーパー。かさばる。塩と砂糖。安いわりに重い。油。お中元か。米。これも重い。……家族全員分の靴下でも買ってくか。それと、肉がいいか。現実的で。

肉と靴下を持って、タケの家に着いた。

ドアを開けた瞬間から、アットホームな雰囲気に包まれる。ダダダと上の女の子が走って来たのだ。僕の足にまとわりついてくる。お菓子、買ってくればよかったかな。

「いらっしゃい」

あ、サッちゃん、ひえー、また太ってる。

「サッちゃん。はい。これ、肉と靴下」

「ありがとう」

「赤ん坊、見る？」とタケが言う。

「うん。今度は男の子だよね」

「そう」

小さな籠みたいなものの中に赤ちゃんが入っていた。眠ってる。

「ちいさい……」

やわやわしていて、なんというか、触るのが怖い。

「やっぱ、親から見たら、かわいいの？」と聞いてみる。

「かわいいよ～」

「ふうん。他人から見たら、全然だけどね」

「ええーっ、ひどーい。すっごくかわいいじゃん」とサッちゃんが憤慨してる。「すごくハンサムよね」

「どこが？」

「鼻筋がしゅっとしてて……」

「そうかな。どう見てもつぶれてるようにしか見えないけど」

「赤ちゃんを見慣れてないからわかんないのね、ジュンくんは」

「あ、そうかも。見慣れたら、違いがわかるのかもな〜」

なんだか、やっぱり、人ごとだな、僕。

「今日、遅くなってもいいんだろ？　すき焼き、食べるだろ」とタケ。

「ありがとう。いただく」

「ナオミさんは？」

「来たいって言ったけど、僕がいいよって。よろしくって」

「ふうん。どうなの？　最近」

「うーん。相変わらず。まあ……、うまくやってるよ」

「そうか」と、タケがにやにや。

「なんだよ」

「いや。お前、苦労してんじゃないのか？　痩せたみたいだけど」

「そうかな」

「あら。ジュンくん、なんだか素敵になったわよ。憂いをおびたっていうか、母性本能をくすぐる感じね」とサッちゃん。

「いや、実は、マジ、苦労してるんで」

「どういう？」

「うーん。うまく言葉では言えないけど。毎日、安眠できないっていうか……。なにかから追われる夢をよく見るんですよ～」

「へえー。なんだろうね。はい。お肉から食べて」

「いただきます」

　女の子がうるさく騒いでる。バタバタ走り回ったり。でも、居心地は悪くない。僕は友だちには気を遣わないので、食べ終わったらすぐにごろんと横になった。女の子が僕の上に登って遊び始めたので、くすぐったりして遊んであげた。

「子どもと遊ぶの、上手ね」とサッちゃんが言う。

「そうですか？」

「ジュンは、子どもは？」とタケが聞く。

「うん。まだ。考えてない」

「ほしくないの？」

「うん。まだ。ちょっとどうなるかわからないので」

「へえー」それ以上は聞いてこなかった。

赤ん坊が泣き出して、女の子もぐずり始めたので、帰ることにする。

「じゃあ、オレ、帰る」

「あら、もう？」とサッちゃんが残念そうに言う。

「そこまで送るよ」とタケがサンダルをつっかけた。

外に出ると急に静かだ。タケには家族があるんだなと思った。家族の音がある。

歩きながら、「ああー」とタケがため息をつく。

「どうした？」

「いや」

「でもタケは、しあわせそうだよな」

「うん。たまに疲れるけどね」

「それはだれでもそうだよ」

「そうかな」

「と、思うよ」

　バス停まで送ってくれた。

「ここでいいよ。赤ん坊も泣いてたし、サッちゃんひとりじゃ大変だから」

「そっか。じゃあ、またな。今日はサンキュ」

「ああ」

　タケはサンダルをカタカタいわせて走って帰って行った。ああいう服、前は着てなかったのにな。着やすそうな、ぷかっとした服。でも、スーツ姿の僕も、僕らしいとはとても言えないよな。


　家に帰ったら、ナオミはまだ起きていた。

「どうだった？　赤ちゃん」

「うん。ちいさかったよ。かわいいとは思えなかったけど、サッちゃんはすごくハンサムだって言ってた」

「ふうん。どういうところが？」

「鼻筋がしゅっとしてるって」

「そうだった？」

「ううん。逆にへこんでるように見えたよ」

「へえ。……楽しかった？」

「うん」

「そう。よかったね」

「楽しかったけど、僕はやっぱりここがいいよ」

「…………」

「みんな、それぞれの家庭を、家庭じゃなくても自分の世界を、築いていくんだなって思った。人生の道って、後戻りはできないんだな」

「ジュン。どうしたの。考えたの？　なにかを」

「うん」

ナオミはそんな僕を不思議そうに見ていたが、やがて「おやすみ」と言って部屋に入っていった。

僕は、それでもやはり、今、わりとしあわせなんだと思う。人にはそれぞれのしあわせの形があるんだ。人と自分は違う。自分のそれを見つけたら、もう人と比較したりしないで、それをただ黙って大事にすればいいんだよね。

休日の午後。

僕は集中すると、まわりの音が聞こえなくなる。

「ジューン」

その時僕は、集中して本を読んでいた。

「ジュ―――ン」

ぶるぶるぶると体をゆさぶられて、ハッと我に返る。

「ジュン、早く」

「なに？」

「今日、約束したでしょ」

「なにを？」

「忘れたの？」

「うん」

「ほら」

「…………」

「もういいよ！　ひとりでやるから」

なんだろう？　ま、いいか。僕は本を読み続けた。

しばらくすると、玄関からナオミが僕を呼ぶ声がした。

「ジュン！　大変！　早く来て」

緊急な感じ。なんだろうと思って、急いで行くと、玄関が燃えていた。

一瞬にしてパニックになりながら、フロに駆け込んで洗面器に残り湯を汲んできて、火にかけた。それを何度も繰り返し、やっと火は消えた。

「ナオミ、ケガはないか？」

「うん」

「ヤケドしなかったか？」

「うん」

「どういうことだ？」

「焼き芋、焼こうと思って。今日、外で焼こうねって約束したでしょ。でもジュンが忘れてたから、ひとりで焼こうと思ったの」

「家の中で？」

「玄関だったら、床が石だから、火事にはならないだろうと思って。でも、紙ってすごくよく燃えるんだね。ボーッて炎があがってね、ふわふわ飛んじゃって」

「火事になるところだったよね、今」

「ごめんなさい」

「炎よりも、煙の方が危険なんだよ。吸うとすぐに意識がなくなったりするんだよ」

「ごめんなさい」

「今、僕の心の中は、怒りと恐怖で燃えてるよ」

「……延焼」

「ふざけるな」

「ごめん。もうしない。あんなね、紙が早く燃えるって。そこにあったジュンの古本を破って焚きつけにしたんだけどね」

「……どこにあった古本？」

「靴箱の上」

「うおおおおおおーっ」

「どうしたの？　怖い」

「あれは大事な仕事の資料だ！」

「え？　ゴミに出すやつかと思った。ほら、昔のマンガ捨てるって」

「マンガじゃなかっただろ」

「うん」

「あああ～」

頭を抱えても、どうしようもないことはわかっていても。

「ちょっとは残ってないかな。水に濡れただけで、乾かせば読めるだろ」

焦げて濡れてる紙の山をごそごそと探る。

「あ、このへん大丈夫だよ」

「こっちも」けっこう残ってる。

「よかった」

「なんだよ、この芋」

本の下に埋もれてた。

「それは、焼き芋にするお芋」

「サツマイモじゃないね」

「やっぱり？　なんだか変だなって思ったのよ。毛みたいのが生えてて」

「これは里芋だよ」

「そう？」

「どっちにしても焼き芋、無理だったな」

「そっか」

「……里芋のにっころがし、食べたいな」

「作って」

「作るか」

おいしいのを、作るかな。


「ジュン」

「なに？」

「ジュンって、私のこと、愛してないでしょ」

なんだよ。……またあんどくさいこと。

「私、一度も愛されてるって感じたことない」

「そんなことない……でしょ」

「本当」

「意味がわからないよ」

「真実の愛よ」

「真実の愛？」

「ジュンは、人を愛せる？　人を愛すってとっても難しいのよ。人を愛するには、自分自身をまず愛せないといけないのよ」

　どうしたらこのいちゃもんから逃れられるか、それが問題。もうすぐスポーツニュースも始まるっていうのに。僕はチラチラと時計を見た。

「ジュン。聞いてるの？」

「聞いてるよ」

「人を愛するには……まず、強い自分になって……」

「あ、ごめん。お腹痛くなってきた」うそ。

急いでトイレに逃げる僕。ここでしばらく考えよう。あ、携帯で見よう。ニュース。

「ジューン。まあだ？」

「ごめん。なんかお腹の調子が悪くて。明日、聞くよ」

「そう？　わかった」

　トイレでじっと携帯を見ていたら、またドアのすきまに嫌な気配が。見ると、そっとドアが開いて、ナオミの目玉だけが見える。僕はにやりと笑った。ドアは静かに閉まった。

「ナオミ。ちょっと聞いて」

「なに？」

「いい？　このクリスタルのプードル、すごく大事なものだから、絶対に壊さないでね」

「わかった。でもなんでそんなに大事なの？」

「上司のおみやげなんだよ」

「ふうん。変なの。そんなに好きな上司がいた？」

「大事にして、験《げん》を担ぐんだよ。引き立てられますようにって」

「ふうん」

　ホントは僕の（ちょっと）好きな人からのおみやげ。

「だから、絶対に触らないで」

「うん」

「この、僕の机の上に置いとくからね。近づかなくていいから、ここらへん一帯」

「うん」

「この机のまわり、1メートル以内には近づかないでね」

「うん」

よしっと。


その日、会社に行ったら、気に入らない上司が声をかけてきた。

「おい。磯崎。君んちの奥さん、すごい美人だな？」

「……いえ、そんな」なんだよ。見ると、隣の同僚がごめん、と手を合わせてる。

「写真、見たぞ。いい女だよなあ。今度、合コンに誘っていいかな」

「いやあ……どうでしょう。そういうの、たぶん嫌いなんで……」

「君が連れて来てくれよ」

「あ〜、いや〜」

「な、頼むよ」と言って、ポンポンと僕の肩をたたいて、去って行った。

「磯崎、ごめん。写真、見られて」と同僚がうなだれる。

「いや……、いいよ」

アイツ、女よばわりしやがって。すごく気分が悪い。


日曜日。

今日はナオミは友だちと遊びに出かけるそうなので、僕は恒例のぶらぶら歩きをしよう。

友だちと外出となると、やけにきれいにして行くんだよなあ。そんな服、持ってたっけ。

僕と一緒の時、そういうふうにしてくれないかなあ。まあ、いいけど。

「よし！　出かける準備完了。……なに、ちらちら見てるの？」

「うん？　そんな服、持ってたっけ？」

「うん。着るのは初めてだけど」

「似合うね」

「そお？」

「ナオミ……」と近づく僕。

「なによ」

「ちょっとキスしていいかな」

「髪が乱れるから、イヤ」

「髪は触らない」

「メイクしちゃったし」

「メイクもくずさない。約束する。ほら、手、こうしてるから」と僕は両腕を自分の後ろに回してぎゅっと摑んだ。

「じゃあ、いいよ」

ちょっと距離をおいて、顔をナナメに倒して軽くキス。もう一回。……もう一回。

「ナオミ、何分後に出なきゃいけないの？」

「ん〜、20分後」

20分か……。なら、いける！

僕は両腕をパッと前に回してナオミを抱き上げ、そのままベッドに押し倒し、有無を言わさず……。雲の上を飛んでるような時間が過ぎるのだ。


数分後。


「ナオミ、時間でしょ」

「もう……、約束やぶって……」

「やぶってないよ。大丈夫。髪もメイクもくずれてないし、服もきれいなままだよ。僕、うまく考えてやったから。それにちゃんと先にナオミをいかせたでしょ」

「こういうのだけは上手よね」

「そう。最小のエネルギーで最大の喜びを……っていう」

「ふふふ」

「遅れるよ」

「ハアー……。もう、なんだか出かける気、なくなっちゃったじゃん……」と言いながらぼんやりと出かけるナオミ。

むふ。得した気分。

散歩。青空の下。

堤防を歩きながら、野球の試合を覗いたり、フリスビーをする親子を眺める。犬の散歩も多い。犬の顔を見ながら、性格を想像するのが僕は好きだ。あの犬は怖がりじゃないかな。あれはおっとり。あれは神経質……。

乾いた芝生の上に寝ころがっていたら、いつのまにかうとうと眠り込んでいた。目を覚ますと、すっかり風が冷たくなっていた。ぶるっ。風邪ひいたらやだな。銭湯に行こうっと。

ああ〜。気持ちいい。ちょっとお湯が熱いのが玉にキズだけど、しょうがない。銭湯だからな。体が真っ赤になるまで我慢する、我慢する。フー。

「ジュン。ごめんね」

「なにが？」

「話すけど、まずその前に怒らないって、約束して」

「ということは怒ることなんだ」ああ……。

「だって。悪気はなかったの」

「なに？　早く言ってくれ」

「あのプードル」

「えええええっ！」

「まだなにも言ってないけど」

僕はダダダッと机のところに走って行った。ない。

「どうした？」

「ここ」と両手を広げる。

無残にもバラバラにくだけたクリスタルのプードル……。

「あのね。そんな大事なものなんだって思ったら、どうしても見たくなって。近づいちゃいけないって思えば思うほど、体がどんどん近づいて行っちゃって。で、ちょっとだけ触ってみようかなって思って持ち上げたら、キラキラしてきれいだったから、太陽の光にかざしたらもっときれいなんじゃないかと思って、ベランダにでて光にあててたの。そりゃあ、きれいだったわ。そしたらほら、知ってるでしょ？　カラス」

知らないよ。

「カラスがとってもこのへん、多いでしょう？　それが人を怖がらなくて、まるで襲ってくるみたいに近くまで飛んで来るの。それがね、飛んで来たのよ。すぐ近くに。で、びっくりして落っことしたら、割れちゃって。でもそのカラスがね」

「カラスの話はもういいよ。ちょっと見せて」

こなごなのカケラになったプードルを僕は手のひらに乗せた。ううう。

「しょうがない。もういいから」

僕は、それを手に持ったまま、自分の部屋に入った。

ナオミは勘がいいから。もちろん無意識だろうけど。浮気なんてまずできないな。

　ナオミがトイレから話しかけてきた。

「ジュンは、ナオミがおしっこするとこ、見たい？」

「ううん。見たくないよ」

「ふうん。おしっこするとこ見ると興奮する人、いるんだって」

「へえ」

　トイレから出てきたナオミがこっちに来た。

「いろんな人がいるんだね。ジュンは何に興奮するの？」

「……教えない」

「あるんだ。ポイント。教えてよ〜」

「教えないよ。言うと意識するでしょ」

「なによー。気持ち悪い。変態」

「なんだよ。そっちから聞いてきたくせに」

「なになに？」

「ダメ。秘密」

「ちぇーっ」

言えない。怒られてる時なんて。


ある日、ナオミが夜遅く帰って来て、僕のいるリビングに来ないでそのまま自分の部屋に入って寝てしまった。なんとなく僕は気になった。どうしたんだろう。

次の朝、僕が起きてもナオミは起きてこなくて、結局、顔も見ないで出勤した。そして夜、帰って来たらいなかった。

なにかあったのかな。

気になった僕は、立ち入り禁止のナオミの部屋に、迷った末に入った。

机の上にノートがある。それを、開いてちらっと見た。日記だ。内容は別にたいしたことは、ないようだった。日々の雑記みたいな。よくは読まなかったけど。

そこへ、ナオミが帰って来た。まずい。あわててノートを閉じて、部屋から出る。が、遅かった。廊下でバッタリ。

「なにしてたの？」険しい顔のナオミ。

「ごめん。ナオミの様子が変だったから」

「私の部屋に勝手に入らない約束でしょ」

「ごめん」

「何度目？」

「今が初めてだよ」

「でもそれ、信じられると思う？」

「ううん。でも、ホントに」

さっと部屋に入って行ったナオミは机の上のノートを見た。

「ノート、見たのね」

「ごめん」

「ひどいわ」

「もしかして、ナオミ、浮気でもしてるんじゃないかと」

「だったら私に聞けばいいでしょう？　私なら言うわよ」

「ごめん」

「こそこそ部屋を覗いたりして」

「…………」

「イヤだわ」

「ごめんなさい」

「許したくない」

完全に僕が悪い。返す言葉はない。ナオミを信じなかったし、信頼を裏切ってしまったんだ。


それから1週間たったけど、まだ口をきいてもらえない。僕は静かにおとなしく過ごしていた。ナオミは外に出ていることが多かった。それで、手紙を書いて、ナオミの部屋のドアの下から入れておいた。

「ナオミ。もう二度と約束を破らないから、許してください。

でも、僕がナオミを疑ったことは事実なので、そのせいでナオミが僕を嫌いになってしまったのなら、僕には何も言えません。もうナオミに愛される資格はないんだと思います。

僕がどうしたらいいか、ナオミが決めてください。　ジュン」

　返事が来た。

「ジュン。私に決めてなんて言わないでよ。そりゃあ、勝手に部屋に入られたことは腹が立ったけど、浮気したんじゃないかって気にしてくれたことはうれしかったのに。

ジュンはどうしたいの？　ジュンの気持ちは？

ジュンは本当に私のことを好き？　私、ジュンの気持ちがわからなくなる時がある。

本当はジュン、私のことを好きじゃないいんじゃないかってよく思うの。

たぶん……きっと……あんまり好きじゃないんだよね。最初から。

私が無理に結婚させちゃったから。ジュンはぽちゃっとした女の子が好きだから……。

私ね、時々不安になるの。ジュンはもっと別の人といた方がしあわせなんじゃないかって。

だって、私のことを愛してるって言ってくれたことないし。一度も。

一度も一度も一度もないよね。

あ、あるけど、私が怒って、それをなだめるために言ってくれたことはあるけど、自分から心から言ってくれたことはないよね。わかるの。私を愛してないんだって。だから、私がジュンを嫌いになったということじゃなく、ジュンが最初から私を愛してなかったという理由でなら、私たち、別れた方がいいと思う。

プードル、壊しちゃってごめんね。本当にわざとじゃないから。

もし別れることになったら、ポン太郎は私がもらうね。

ナオミ」


ナオミ……。僕はその手紙を持ったまま、ナオミの部屋のドアをノックした。

ナオミがドアを開けた。

「ナオミ……。読んだよ」

ナオミは黙って僕を見つめてる。怖い顔じゃなく、とても不安そうな悲しい顔で。

「どう思った？」

「ナオミ……。僕は、僕は、実は、僕も自分の気持ちがわからないんだ」

ナオミがけげんそうな顔をした。

「どういうこと？」

「だから、僕は、ナオミのことを好きなのか嫌いなのか、わからないんだ」

「どういうこと？」とまた。

「だから、好きなところもあるし、き、嫌いなところもあるから」

ナオミの眉間にしわがよった。

「どういうこと？」

「でも別れたいと思ってるわけじゃなく、本当にわからないんだ」

「じゃあ、別れてもいいの？」

「そう言われると、困るけど。別れるってなんだか恐ろしいことのようで」

「そこまでの強い気持ちはないけど、でも強い愛もない？」

「と言われると困るというか、愛っていったいなんなのか……」

「ふーっ」とナオミはひとつ大きなため息をついた。

そして、「なるほどね」と言った。

「わかった。ジュン。保留にしましょう。この件は保留。しばらくお互い、様子を見ましょう。そして、私の部屋に入らないっていう約束を次にやぶったらタダじゃおかないわよ」

「はい」

一件落着か？　とりあえずよかった。さっそく風呂にでも入ろう。しばらくぶりにほっとした僕は、気分よく風呂をわかし、いそいそと風呂のドアを開けようとした時、ナオミがだれかに電話してる声が聞こえた。

「あそこまでバカだとは思わなかったわ。気が抜けちゃった。そしたらなんか、怒ってるのがバカらしくなっちゃった」

……僕のことですね、それ。

僕は風呂にいい匂いのする入浴剤を入れて、首までつかった。

いいんだ。いいんです。

本当にわからないのだから。

僕は、それでも僕なんです。

仕事が終わって、家に帰って来た。

ああ〜、今日は疲れたなあ……。

どさりとソファに腰をおろし、ネクタイをゆるめる。

あああ……。

「ジュン？」

ナオミがやって来た。「おかえり〜」

「ただいま。今日は、疲れたよ。家になにもないよね。あっても作る気になんないけど。外に行こうか」

「わあーい。どこにする？　焼き肉？」

「焼き肉という気分じゃない」

「じゃあ、お寿司？」

「堅苦しいのは今日はイヤだ」

「じゃあ、……イタリアン」

「それもちょっと堅苦しい」

「だったら居酒屋」

「いいね。まずビールをぐっと飲みたいな」

「ジュン。最近、お酒、飲めるようになったんじゃない？」

「うん。だんだんね。うっぷん晴らしに飲んでるうちに……」

「お仕事してると、嫌なこと多いものね」

「うん」家でもストレス、たまるし。

「かわいそう、ジュン。今夜はナオミが癒してあげるね」

「どういうふうに？」

「またホステス風にしていこうか？」

「やめて」

前にホステスみたいにしたいって言って、そういうファッションとメイクで出かけたら、本物と間違われて、飲み屋の客に異様にからまれたことがあったんだ。しかも、なんか話し方やしぐさまで変わっちゃうんだよ。それを見てあやしいと僕はにらんだね。経験あるんじゃないかって。

「じゃあ、女子大生風」

「それならまだいい」けど、なんでコスプレ？

居酒屋に着いた。ここは僕もナオミも気に入ってる近所の落ち着く居酒屋で、刺身もちょっとしたつまみも安くておいしい。いぶりがっこのチーズはさみや魚の骨のパリパリ揚げ、ゆでアスパラ、もずく雑炊はいつも頼む。

「それにしても、それが女子大生？」

「そ。帰国子女よ」

「ふうん」

ただの変わった人にしか見えないけど。

「ねえ、ジュン」

「うん？」

「私たち、そろそろ……」

「なに？」

「私たちそろそろ……」

なんだろう。

「なに？　わかんないよ」

「考えて」

「子ども？」

「ちがう」

「わかんない」

「どうしてわかんないの？」

そんなこと言って、ただからんでるだけじゃないだろうか。いつも、ヒマつぶしに僕にくだらないことでからんでくるんだから。もうひっかからないぞ。

「別れ話？」

「それは保留だったでしょ」

「だった」

「あ、これ、おいしいね！」きんきの煮付け。

「うん、おいしい！」

「ねえ、ジュンってなんで、私の言うこと、いつもオウム返しに肯定するの？　自分っていうものがないみたい」

「本当においしいって思ったんだよ」

「今のはそうかもしれないけど、いつも私が何か言うと、本当はそう思ってなくても、そうそう！　って言うこと、よくあるよね」

あるかもしれない。適当に合わせとけば、物事がスムーズに進むって思ってるところが僕には確かにある。

「そうかな」

「そうよ。何にも考えてないのに、僕もそう思ってたみたいにすぐさまうなずいて。そういうとこ、嫌い」

……って言われたらグウの音も出ない。たぶんそれは僕の処世術になってる。自分がないみたいって、よく言われるし。それ、もう傷つきもしない。

僕には自分がないんだろう、本当に。でもそれ、悪いことかな。

帰り道、コンビニでアイスを買って、食べながら帰る。僕はチョコレートにナッツがたくさんくっついてて、パリパリいうのが好き。ナオミはハーゲンダッツのクリスピーサンドの練乳いちご。

「ジュン」

「うん？」

「考えた？」

「なにを？」

「そろそろの話」

「考えてない」

「考えてよ」

「考えられないと思う」

「どうして？」

「たぶんそれは、僕がバカだから」

「自分で言わないで」

「私が言うのはいいけど？」

「そう。自分で認めたら、本当にジュンがバカみたいじゃない」

「違うの？」

「違うよ！　全然違うよ」

でもこのあいだ友だちに電話してるの、僕ははっきり聞きましたからね。

「ちょっと換えっこしよう」とナオミが僕のアイスを見てる。

「いいよ」

僕はナオミに棒アイスを渡し、僕はナオミのクリスピーサンドを齧《かじ》る。

バサ。

「あ、チョコのとこ、全部落ちちゃった！」とナオミが呆然。

「ええーっ。いちばんうまいとこ〜」

「だって、壁みたいに。一瞬でペロッて。アハハ」

「残った白いアイスだけ食うのってなんか虚しい……」ガックリ。

「アハハ」

すっごい笑ってる。そんなおかしいかな。

「アハハ」僕もおかしくなってきた。

ふたりでずっと笑ってた。

そろそろって、なんだろう……。

と、僕は朝のベッドの中でぼんやりと考えた。

う、いかんいかん、と頭をぶるぶるっと振る。でたらめに決まってる。

ナオミという女は、普通の人のように考えると、必ずあとでバカを見るようになっている。体の具合が悪いって言うので心配すると仮病だったり。泣いてると思うと、うそ泣きの練習だったり。うそ泣きはずいぶん練習したって言ってたな。そこまでうそ泣き、使いたいか？　何に使うんだ？　使ってどうする。という突っ込みはムダ。ただそうしたいからするだけ、と言う。そうですか。よかったですね。どうぞどうぞ。

と、僕は後ろ向きに後ずさりながら退場……。

僕が何も考えないようになったのは、というか、もともとそういうふうだったけど、それが助長されたのは絶対にナオミのせいだ。ナオミがいちいち僕に問題をふっかけ、それに真剣に答えたとたんあれは冗談だって言うから、やがて何も真剣に考えられなくなったんだ。これはまずい傾向じゃないか？　他の人と今後出会った時、困るんじゃないかな……なんて考えてると、ナオミがどこからか僕をにらんでるようで、こわ……。

ひさしぶりにたまきくんと話したいなと思い、メールする。

「たまきくん。ちょっと会えないかな。君んち以外の場所で」と強調しておく。

「いいですよ！　僕もお会いしたいです。うれしいなあ、ジュンさんから誘ってくれるなんて」とかわいい。ふふ。たまきくん……。僕の弟。たまくんって呼ぼうかな……、それはやめた方がいいか。

若者が多く集まる町の外れにある、静かで地味な店でたまきくんと会う。

「ごめんね。こんな地味な店で。たまきくんぐらいの年頃の子は、もっとにぎやかな店が好きだろう？」あ、お店の人に聞こえてたらどうしよう。

「そんなことないですよ。僕、うるさいお店は苦手なんです。声が小さいから」

「そうか、よかった。それに、ここ、案外うまいんだよ」

「おなかぺこぺこです」

「じゃあ、適当に注文するよ」

「はい」

ひとしきり食べて、お腹もだいたいいっぱいになった頃、僕は切り出した。

「このあいだの話ね、チロのことはもういいけど、あの好きな彼女のことは本当だよね？」

「はい」と神妙な顔。

「よかった。あれまでウソだったら、僕はなにを信じていいのか……。で、あれからどう？」

「それが……」とたまきくんは急にうつむいて苦しそうな顔をした。

「どうした？」

「ううう っ」と、いきなりポロポロと泣き出した。

「たまきくん」

「はい……。実はあのあと、交際の申し込みを断ったんですが、それからというもの、毎日学校でいじめられて……、ううう っ」

「かわいそうに」

「そして、つきあわないと殺すって脅されて」

「ひどいなあ」

「で、つきあうことになったんです」

「ふうん。つきあうって、どういう？」

「ただ、毎日一緒に帰るだけなんですけど、ちっとも楽しくないんです」

「だろうね」

「でも、僕のことがものすごく好きらしいんです」

「うん」

「でも、僕は他に好きな子がいるんです」

「ん？」

「おとなしくて、ぽっちゃりした感じの子で」

「なに！　ぽっちゃり？」

「はい……。ずっと前から、ずっと……、密かに好きだったんです」

「それは……、たまきくん、ここは人生の分かれ道だな。大事なところだよ」

「でも、もう」

「僕はぜひそのぽっちゃりした子と結ばれてほしいな。絶対に。まるで、叶えられなかった僕の夢が叶うような気分だよ。これは兄の悲願だと思ってもらってもいい」

「でも……」

「うん。むずかしいだろう」

「そのぽっちゃりした子も、実は僕のことが好きだと、その子の友だちが教えてくれました。最近の鬼の態度を見るに見かねて……。あ、彼女のこと、僕ら、鬼って呼んでるんです」

「なに？　両思いなのか！　ううう っ、ますます、つらいな。まるで自分の運命の分かれ道を見ているようだ。あの時、あの道をあっちに進んでいなければ、今頃は僕もぽっちゃりと……」

「ジュンさん。僕はどうしたら」

「たまきくん、僕たちはぽっちゃり好きにもかかわらず、気性の荒いヒステリー女に捕まってしまう運命なのだろうか……。運命にはさからえないのか？　そんなことはない！　まだ君は間に合うはずだ！　ぜひ、そのぽっちゃりと、必ず思いを貫いてくれ」

「ジュンさん、悪酔いしてませんか？」

「うん。興奮したせいか、なんだか気持ちが悪くなってきた」

「姉を呼びましょうか」

「やめてくれ。せめて、ぽっちゃりとした運転手が運転するタクシーを……」

「ジュンさん！」


次の朝、相当の二日酔いで目覚めた僕は、最初どこにいるのかわからなかった。ナオミの実家で寝ていたのだ。あのあと、気分が悪くなった僕をたまきくんはどうしたらいいのかわからず、お母さんに電話したら、とにかく連れて来なさいと言われたらしい。近いので。そしてお母さんがナオミに電話してくれて、ひと晩泊めてもらったという次第。

のどが渇いていたので水をごくごくと飲んで、またバタンと眠りに落ちた僕は、昼過ぎにやっと目覚めた。その時はもう爽快だった。

「はあー、どうもすみません」と頭を掻き掻きお母さんに挨拶する。

「いいのよ。ふふふ。たまにはいいんじゃない？　こっちに泊まるのも」

「はい。時々お邪魔します。たまきくんは？」

「ガールフレンドが遊びに来てて、今、部屋よ」

「ガールフレンド？」

「最近あの子、彼女ができたのよ。行ってみる？」

「はい。いいのかな」ドキドキするなあ。

2階に上がって、声をかけてみた。

「たまきくん、僕だけど、いいかな」

「ジュンさん。いいですよ。どうぞ」

中に入った。これがあのナオミ似の？

「はじめまして。カオルです」と彼女が挨拶してくれた。

確かに。気の強そうな、かわいい鬼じゃないか。ふふふ。

「はじめまして。たまきくんの義理の兄のジュンです」

たまきくんを見ると、青ざめた顔をしている。

「じゃ、僕、今日はこれから用があるから、行くよ。たまきくん、昨日はどうもありがとう。また連絡するよ。がんばって」

「はい」

　その夜、たまきくんから電話が来た。

「ジュンさん、どう思いましたか？　彼女」

「うん。いい子じゃないかな。でも、もう逃げられないかもな」

「どうしたらいいんでしょう……」

「どうしたらって言われても……。時間をかけて、のらくら逃げ回るしかないな。煮え切らない態度をけして崩さないようにして」

「はい。そんなの嫌ですけどね。性格的に」

「だけど、はっきり決着をつけようとすると……大変だろうな」

「そうですね。でもそうするうちにもっと抜け出せなくなるかもしれないですね」

「そうなったら、しかたないよ」

「はあー……」とため息が聞こえた。

「とにかく、のらくらのらくら、煮え切らない態度を続けて、相手があきれるほど頼りないバカな人物になりきるんだよ、いいね。そうしたら、愛想をつかして去って行くかもしれない」なんかそれってオレじゃないか？　とうっすら思いつつ。

うん？　だったら、もしそうなったらますます相手の思うつぼじゃないか？　だってあの手はそういうのが好きなんだから。こういうバカなのらくらしたのが……って自分で言うことないか。

「はい。嫌だけど、そうします」

「うん」

と言ってはみたけど、それでよかったのか、いまだに疑問。

たまきくん。間違ってたらごめん。真逆……だったかもな。ナオミタイプは男の権威を振りかざすようなヤツが嫌いなはずだから、男らしい男を演じろと言った方がよかったのかもしれない。でもどちらにしても、自分以外の人間にはなれっこないんだし、たまきくんはたまきくんらしい対応をするはずで、それを彼女が好ましく思えば続いていくんだろう。

ま、どうでもいいか。彼の人生における主人公は彼だ。人からのアドバイスなんてしょせん自分の気持ちを確かめるためのスパイス以上のものじゃない。

　ふたりとも何も用事のない休日。いいお天気だ。

「ナオミ、今日は掃除するぞ」

「どこの？」

「全体的に」

「全体的って、漠然としてない？　一個に決めようよ」

「全体的になんだか埃《ほこり》がつもってる気がする」

「そお？」

「大掃除だ」

「大掃除……。私、買い出しに行ってこようか？　お昼に食べるおいしいもの。張り合いが出るでしょ」

「そうだな。そうしてくれる？」

「うん。なにがいい？」

「あそこの角のおいしいハンバーガーにしようか。僕、アボカドチーズとポテトフライ。それに農園サラダ、和風ドレッシング」

「いいよ～。じゃあ、準備して行ってくるね！　ジュンは掃除、始めてて」

「よし」

かえってナオミがいない方がはかどるしな。

すべての窓を開けて、床に掃除機をかけて、トイレとキッチンと風呂と洗面所と玄関を磨き、ゴミを袋に入れる。いらないものも整理する。狭い家でよかったと思う。ちょうどいいぐらいの大きさだ。広すぎたら掃除も大変だよな。

ふんふんふん～と鼻歌を歌いながら、軽快に掃除をすすめる。


いつのまにかナオミが帰って来てた。

「ジュンって本当に家事が上手ね」

「最初はなにもできなかったんだよ」

「なのに今では……」

「……いっぱしの主婦」

あははは。ふたりで声をそろえて笑う。

「買ってきたもの、ここに広げるね。お腹すいたでしょ」

「うん。ああ〜、働いたあとのごはんって最高」

「ジュン、ご苦労様〜」

あははは。

きれいになるって、気分がいい。

「おやつにね、ジュンの好きなアーモンドチョコ、買ってきたよ」

「ありがとう」

あんまりチョコは好きじゃないけど、これだけは好きなんだ。アーモンドがカリッとしてて。お昼のあとも、エンジンがかかった僕はずっと棚の拭き掃除とか本棚の整理整頓をした。ひとくぎりついたので、おやつのアーモンドチョコを食べようと、いそいそとリビングへ向かう。ナオミがソファにごろんと寝ころんで雑誌を読みながらチョコを食べていた。

「ナオミ、チョコ、もうこれだけ？」

見ると最後の1個だ。残りすべての、チョコを包んでいたアルミ箔がまわりに点々と散らばっている。

「あ、ごめん……いつのまに……。ポテチとコーラとチョコを交互に食べてたら……」

「ひどい。これを楽しみに働いてたのに」

「この組み合わせ……最高なのよ」

「もう一回、買ってきて」怒って言った。

「…………わかった」

悪かったと思ったようで、文句も言わずに出かけた。

すぐに帰って来た。

アーモンドチョコと、それからケーキまで買って来ている。

「ジュンのも買ってきた。コーヒーいれるね」

「あ、ありがと。わあ、僕の好きなケーキだ」

ふたり並んでケーキを食べる。

「働いたあとのおやつって最高」

「ジュン、お疲れ様」

そうやって僕は、その日一日、夜までずっと掃除をしていた。

北海道の温泉に、友だちと旅行に行ってくるとナオミが言う。

「へえ〜。いいなあ〜。僕も行きたいなあ〜」

「平日だから無理でしょ。会社、休める？」

「イヤ、無理」

「そのうち伊豆かどっか、近くに行こうよ、ふたりで」

「そうだね」

「今、紅葉がきれいなんだって」

「ふうん。熊に襲われないようにね」

「はーい。このね、崖っぷちの、紅葉のきれいな露天風呂、これが有名なんだよ」

と言って写真を見せてくれた。

「すげえ。絶景じゃん」

「でしょ？　ここで写真撮ってくるね。熊温泉っていうんだよ」

「熊温泉？……マジ？　本当に熊が出たりして」

「ふふふ」

「……熊の手って、本当に食べられるの？」

「そうじゃない？　中華料理ではすごい高級食材だよね、10万円とか……。右手はハチミツで甘いって本当かな」

「……相当、煮込むのかな」

「さあ」

「ふーむ」ちょっと味に興味。

飛行機で行って、2泊3日か。いいなあ。まあ、僕はおとなしく仕事してよう。

ひとりで過ごせる夜は、貴重だ。また好きなものを料理して食べて、静かに自由にゆったり過ごそう。むふふ。楽しみ。

ソファでテレビを見ていたら、ナオミが忙しそうにバタバタしている。

「ナオミ、おいで」

「なに？」

「ちょっとおいでよ」

「忙しいんだけど。明日の準備」

「あとでいいでしょ」

ナオミがやって来てくれた。隣にごろーんと。

その肩を抱く。ナオミの頭に頭をくっつける。いい匂い。

「ナオミ」

「おしまーい。ホントに忙しいんだからね」

「はい」

忙しいナオミ。

忙しいナオミはイヤだな。ヒマなナオミに戻ってほしい……、いや、だからといってヒマすぎるのはダメ。変なことを考えつくから。普通のナオミがいい。

普通のナオミよ、カムバック。熊温泉から帰ったら、普通のナオミをリクエスト。

バタバタバタバタ。

「なにをそんなにあっちこっち」

「だって、必要なものがどこにあるのかわかんなくて」

「バッタみたい」

「バッタってこうなの？」

「……ちがうか」

バタバタしてたからつい。


リビングルームの窓から、前の公園の木の葉がチラチラと落ちていくのが見える。

夕方、窓辺に立ち、コーヒーを飲みながら、その落ちていく様子を眺めていた。

チラチラ……ひらひら……。風に乗って……。

一枚の葉っぱの行方を目で追う。途中で見失う。

次のに挑戦。また見失う。

「ジュン」

「うん？」

「ジュンの夢って、なに？」

「うーん」

「ねえ」

「夢か……。そりゃあ、いろいろあるよ」

「その中でもいちばんのは？」

「なんだろうなあ……」

「ジュンに野望ってあるの？」

「野望？……」

「ないでしょ」

「それほど強いものは」

「今、しあわせ？」

「どうなんだろう……」あ、正直に言っちゃった。

「どうしてもこうなりたいっていうもの、ないの？」

「うーん。考えると、どうせ無理だって思っちゃうしなあ」

「それでいいの？」

「別にいいよ。今のままで」

「人って、イメージしたものにしかならないんだって。だから、これでいいって思ったら、そこどまりだよ」

「僕は今の状態が継続するならラッキーだと思うよ。悪くなる可能性もあるとすればさ」

「でも、ちょっとは野心を持とうよ。ちょっとだけ上の。すごく上じゃなくていいから。それぐらいだったら、持てるでしょ。海外旅行、今年は1回だったけど、来年は2回行けますようにとかさ」

「あ、そーゆーこと？」

「今のはたとえ。お仕事のことでも、ナオミとのことでも、なにか、ちょっと上の目標を。そうしたら、張り合いとかやりがいが出てこない？」

「……そうだね」

「ね」

ナオミとのことでちょっと上の野心ってなんだろう。

ナオミはオレに、ちょっと上の野心があるのだろうか？


ナオミのいない最初の夜は、会社の友だちと飲んで帰って来て、そのままバタンと寝てしまった。

次の夜、せめてひと晩は自分の世界にひたりたい。

帰りにスーパーで食材を買って、料理したものをつまみながら、お酒を飲みながら、ソファにのびのびと横になって、ああ〜天国、と思いながらテレビを見ていた。

ニュースの時間。

アナウンサー「先ほど、北海道の熊温泉の露天風呂に熊が出没し、観光客が襲われました。中継が出ております」

なに？　熊温泉？　まさか、ナオミ！

画面にライブ映像が流れた。夜の露天風呂の映像。よく見えないけど、このあいだ見せてもらった写真の場所だ。

旅館の毛布にくるまれて避難する人々の映像が映る。

わお。ど、ど、どういう？　心臓が止まりそう。体がぶるぶるふるえてきた。

アナウンサー「負傷者も出た模様ですが、詳しいことはまだわかっていません」

まさか！

アナウンサー「こちら、熊を鉄砲で仕留められたハンターの方です。どのような状況だったのでしょうか？」

ハンター「ここは熊温泉というだけに熊は昔からよく出るんです。で、わたしら、出たら急いで駆けつけるんです。今日のはかなり大きい熊でした。鉄砲で撃ったら、右手が飛んでいきました」

撃たれた熊の映像も映った。でかい。
ナオミは？
ナオミはどこに？
死んじゃったんじゃないか？
怪我したのか？
アイツ、熊に近づいたんじゃないか？
写真、撮ろうとして。
そういうヤツなんだよ。

アナウンサー「目撃した観光客の方にお話を伺ってみましょう。どうでしたか？」
観光客「はい。すごく怖かったです。私たち、露天風呂から裸で逃げ出したんです。死ぬかと思いました。あんなに動きがすばしっこいとは、発見でした」
　ナオミだ！　毛布にくるまれて。
アナウンサー「それは？」
観光客「熊が鉄砲で撃たれた時に飛んできた手です。もらってきました。家で待ってる主人におみやげに持って帰ります」

そこでナオミはカメラの方を向いて、「ジュン〜」と熊の手をふった。

場違いなほど明るい笑顔で。

ナオミ、僕のとてもわがままな奥さん。

ナオミ、僕のとても大好きな奥さん。

僕は泣き笑い。テレビの前で、なぜか涙が止まらない。

本書は書き下ろしです。原稿枚数235枚（400字詰め）。

僕《ぼく》のとてもわがままな奥《おく》さん

銀色《ぎんいろ》夏生《なつを》

平成22年4月10日　初版発行

発行人――石原正康
編集人――永島賞二
発行所――株式会社幻冬舎
〒151-0051東京都渋谷区千駄ヶ谷4-9-7
電話　03(5411)6222(営業)
　　　03(5411)6211(編集)
振替00120-8-767643
印刷・製本―図書印刷株式会社
装丁者――高橋雅之

万一、落丁乱丁のある場合は送料小社負担でお取替致します。小社宛にお送り下さい。
定価はカバーに表示してあります。
Printed in Japan © Natsuo Giniro 2010

幻冬舎文庫

ISBN978-4-344-41455-6　C0193　き-3-11